선우명수필선 37

쑥 같은 사람

국립중앙도서관 출판예정도서목록(CIP)

쑥 같은 사람 : 임명희 수필선 / 지은이: 임명희. -- 서울 :
선우미디어, 2014
p. ; cm. -- (선우명수필선 ; 37)

"임명희 연보" 수록
ISBN 978-89-5658-373-0 04810 : ₩5000
ISBN (세트) 04810

한국 현대 수필[韓國現代隨筆]

814.7-KDC5
895.745-DDC21 CIP201402165

선우명수필선 · 37
쑥 같은 사람

1판 1쇄 발행 | 2014년 7월 25일

지은이 | 임명희
발행인 | 이선우
펴낸곳 | 도서출판 선우미디어
등록 | 1997. 8. 7 제 305-2014-000020호
130-100서울특별시 동대문구 장한로12길 40, 101동 203호
(장안동 우성3차아파트)
☎ 2272-3351, 3352 팩스: 2272-5540
sunwoome@hanmail.net

값 5,000원

ISBN 978-89-5658-373-0
ISBN 978-89-5658-188-6(세트)

선우명수필선 37

쑥 같은 사람

임명희 수필선

선우 sunwoomedia 미디어

책머리에

날이 궂어 농사일에서 놓여나면 볼일 없이 부엌 천정에 있는 다락에 오른다. 그곳은 애들 책이 쌓여있는 창고, 곰팡내가 점거한 공간이다. 대부분은 원서로 된 전공서적들인데 눈에 띄면 그냥 버릇처럼 펴든다. 검은 것은 글씨요, 흰 것은 종이. 그렇게 의미도 단순한 것을 정신줄 놓듯 멀거니 바라보았다.

알아먹을 수 없는 문자들에 막막해 하면서 건널 수 없는 수렁을 들여다보듯이 코를 빠트리고 있기 일쑤였다. 해득이 불가능한 세계, 살아오면서 철옹성으로만 보이던 숱한 세상의 문들이 그랬듯이 굳게 잠긴 상태로 눈앞을 막아서는 것, 그렇게 아무 데서나 기다렸다가 내가 들어서려는 의지를 보이면 정강이를 걷어차 진행을 막는 것들.

형체도 없는 그런 것들에 맞서 살아왔다. 좀 더 정확하게 말한다면 견뎌왔다는 표현이 맞을까. 누가 밖에서 부른다거나 가스불에 올려놓은 무언가가 탄다거나 꺼리가 생기지 않는 한 오랜 시간 멀거니 앉아 생각이란 게 사라질 때까지 읽어낼 수 없는 문자들 밖에서 서성거렸다. 뭐가 그리 와글거리고 시끄러웠던 것일까. 마음엔 늘 거품 같은 것들이 일고 잦았는데 잦아드는 거품 사이로 뭐가 보일 듯 보일 듯 안타까운 세월이었다.

말이 하고 싶었다. 어디를 둘러봐도 그 와글대기만 하는 시답잖은 말을 들어줄 누가 있을 리 없으므로 늘 허기져 살았다. 그런 어느 날 문득 내게도 쓰고 읽을 줄 아는 글이 있다는 새삼스런 자각이 들었다. 한글이 아닌 다른 언어권에 태어났더라면 어쩔 뻔 했나, 밀물 들 듯이 사무쳤다.

감사한 게 어디 언어뿐이랴. 시원찮은 내 편을 들어주는 고마운 이들을 이 땅이 아니었으면 어디서 만났을까. 그러고 보니 겨운 복을 누리면서 그게 복인 줄도 모르고 엄살을 떨며 왔다. 여지껏 들키지 않은 땅두께 같은 그 고마움들을 책머리에 몰래 얹어본다.

2014년 한여름

임영희

• 차례

3부 | 참새가 있는 뜨락

1부 | 하얀 원피스

하얀 원피스

차창 밖으로 눈을 돌리는 찰나 눈길을 확 끄는 게 있었다. 박하사탕을 문 것처럼 화아한 느낌으로 들이닿는 모습.

하얀 바탕에 검정 물방울무늬가 시원스런 원피스를 입은 날씬한 아가씨가 창 곁을 지나고 있다. 가슴을 울리고 있는 두근거림의 여운을 아끼듯 그 아가씨가 사라진 쪽을 오래 바라본다.

흰나비처럼 사뿐한 하얀 플레어 원피스를 입어보는 일은 어려서부터 간직해온 소망 중 하나였다. 나남 없이 가난하던 시절이어서 그랬다고 해도 입고 싶은 옷 한 벌이 이룰 수 없는 꿈으로 미래에나 풀어야 할 숙제로 남았다면 웃을 테지만, 그렇게나 입어보고 싶던 그걸 그냥 꿈으로 간직한 채 지금껏 살아온 게 사실이다. 허리가 가냘프던 세월엔 사정이 허락되지 않아서 입어볼 수 없었던 하얀 원피스, 이제는 하얀 플레어 원피스가 무더기로 쌓여 있다고 해도 입을 처지가 못 되는 후줄근한 세월의 뒤란으로 떠밀려 와 있다니 뭐가 잘 안 맞아떨어지는 세상살이다.

나이가 들었다고 원피스를 못 입으랴만 내가 꿈꾸던 물방울무늬 하얀 원피스는 그런 단순한 의미의 옷이 아니다. 살아오면서 어그러지고 망가져 다시는 원형을 찾을 길이 없는 게 어디 한둘이랴만, 하나씩 가능하지 않은 쪽으로 멀어지는 것들을 속수무책 바라보는 일은 애달프다. 노상 그런 일만 바라보고 생각하는 건 아닐지라도 문득 일상 어느 틈서리를 비집고 들어서는 그런 하찮은 것들이 삶의 속절없음을 일깨워 주곤 한다.

하얀 원피스는 옷이라기보다는 세월이 뭉그러져 빚어내는 아련한 꿈이고, 나름으로 향기롭던 날의 좋은 것들이 뭉뚱그려진 이름이었을 터이다. 나비 물린 코고무신, 18가지 색이 들어 있는 크레용, 모조지 공책, 냇물에서 놓친 쌀방개, 그 여름 아침마다 이슬 밭을 헤치면서 벌레를 잡아다 길렀던 때까치 새끼, 꼽아보면 끝없이 끌려나오는 이름들은 혀끝에 굴리기 무섭게 우르르 다른 것들까지 데리고 나온다. 충족되지 않은 채 미뤄진 아쉬움 탓일까, 묘한 아린 맛으로도 오고 코끝을 슬쩍 스치는 냄새거나 살갗으로 오소소 일어나는 소름 비슷이 나타나거나, 누선을 자극해서 실안개 낀 풍경을 불쑥 디밀어놓거나, 똑 떨어진 형태소를 못 가졌지만 내 안쪽 어딘가에 숨어 있다가 기회만 되면 앞으로 나서는 것들이다.

봄이 오면 아버지는 윗방 뒷문께로 왕골자리를 반만 걷고 흙을 담아다 부어서 고구마 온상을 만드셨다. 아직은 된

서리가 내리는 때여서 밖에 내놓으면 얼어서 썩는 고구마가 방안에서는 붉은 순을 뽑으며 자랐는데, 나는 그 냄새를 무척 좋아했다. 왕겨와 섞인 흙에서 솟아 나오는 그 냄새는 지금껏 알고 있는 어떤 냄새보다도 상쾌한 냄새다. 머리가 무겁다거나 몸이 찌뿌둥하여 눕고만 싶을 때 슬쩍 코끝을 건드리고 지나간다면 두통이 싹 가실 것만 같은 냄새, 정결한 그 냄새는 물뿌리개로 물을 줄 때면 더 물큰했다.

온상을 만든 지 며칠이 지나면 흙 속에 숨어 있던 풀씨들도 싹을 틔워 실낱같이 하얀 줄기를 내놓았다. 그 핏기 없이 허약한 풀의 냄새 또한 지끈거리는 머리를 식혀줄 만큼 좋은 냄새다. 그 방의 다른 것들은 기억에 없는데, 냄새는 금방 스친 듯 생생하다.

남보다 후각이 더 발달한 것일까. 떠올리는 것만으로도 기분을 상큼하게 하는 것 중에는 그런 냄새들이 대부분이다. 새 책을 펴들 때 확 달려드는 잉크 냄새며 다듬질이 잘된 옥양목 옷에서 나는 찬바람 냄새, 타닥거리며 타 들어가는 보릿짚 냄새는 또 얼마나 마음에 가까웠던가. 지금도 나는 새 공책을 펴들면 속이 울렁거리는 증세가 나타난다. 아무것도 쓰여 있지 않은 그 미지의 냄새, 모든 상황이 정지된 듯 기억 속이 화아~하게 빛나는 어떤 느낌 하나가 꼼지락 살아나는 것이다.

느낌, 그게 언제 어떤 경로로 생겨나 저장되었는지 알 수 없는 것들이라도 활력을 찾아오는 데 보탬이 된다는 점에는 이의가 없다. 무심하고 덤덤할 뻔한 마음을 출렁, 흔들고 지나는 실바람들이 고맙다. 출렁임이나 설렘, 더러는 아픔이나 쓰라림일지라도 살아 있음의 한 확인인데 어찌 안 그러랴.

꼽아보면 좋은 것들도 많았는데, 왜 지난날을 지우개로 지우고 싶다는 생각만 하면서 살았나 모를 일이다. 늘 뭔가가 개운치 않고 늘 무언가 한 자락은 까닭도 뜻도 없이 애달픈 그리움에 닿아있던 세월을 살면서 키웠던 한 같은, 슬픔 같은 감정, 그것들의 통칭이 하얀 원피스인데…. 그 날에는 어쩔 수 없어 밀쳐놨던 것들을 이제는 하나씩 찾아왔으면 싶을 때가 있다. 그 그리움의 실체에 가까이 가서 만져보고 싶을 때가 있다. 그러나 어느 무엇이 그리 간절한 채로 변질되지 않고 남아있으랴. 손을 내미는 순간 풀썩, 재가 되어 바스러질 게 틀림없는 그런 것들의 속성을 잘 알면서도 말이다.

자세히 들여다보면 내가 그리워하는 건 마음에 스친 작은 울림이거나 곡두 같은 무엇일 듯하다. 달려가서 확인하면 아무것도 아닌 것들을 빙빙 돌면서, 그리움이나 증폭시키면서, 애달파하고 아파하면서, 스스로에게 엄살을 내미는 그것이 내 존재방식이 되었든 뭐가 됐든 이제는 가르고 추려서 따로 떼어놓을 처지가 아닌 것을 안다.

마르고 닳도록 삶의 외곽을 슬슬 도는 이런 방식으로 나는 여전히 살아갈 터이므로 '하얀 원피스'는 끝내 저 높은 선반 위에서 내려놔서는 안 되는 상징물로 희게 빛나고 있어야 하리라.

달걀을 소재로 한 삽화

태안터미널 만리포선 승차플랫폼 전면에 있는 매점 유리창에는 '살문 닥알'이라고 쓴 종이가 붙어 있다.

출근길에는 그런 게 거기 붙어 있는지 바라볼 새가 없기도 하고 또 보았댔자 별 느낌도 없이 지나치는데, 집으로 오는 막차에 앉아 바라보노라면 그 글자들은 터무니없이 매혹적인 이름으로 변해 있다. 달걀, 맛도 별스러울 게 없는 그것이 때때로 내 감각 속에서 이상한 작용을 하는 걸 느끼면서 마음바닥에 안개같이 는적는적 깔려 있는 기억의 뿌리들을 짚어보곤 한다.

아버지가 돌아가시자 우리 집안에 남자라고는 첫돌도 안 된 동생뿐이었다. 남아 선호가 유난하였던 어머니 그늘에서 가녈가녈한 밀대처럼 안쓰럽게 자라던 아이, 가족의 유일한 희망이고 바람이었을 그 아이는 올망졸망 함께 자라던 누이들의 마음속에도 별난 자리매김이 당연하였을 터였다. 지금도 꿈을 꾸면 그 동생을 보호하기 위해 안간힘을 쓰다가 깰 때가 많다. 필사의 힘을 다하여 보호하고 지켜야 할 그런 대상이었으므로 어머니의 불공평한 처사가 있을지라도 추호라도 차별이라는 생각은 해본 적이 없다. 그건 우리 집만 그런 게 아니어서 아들에게는 특별했던 켯속의 세월을 살아낸 사람이라면 누구네 집이라도 흔히 겪은 얘기들인데, 가장 뚜렷한 기억 첫머리에 있는 게 달걀 비린내다.

보리밥을 안친 솥 가운데에 쌀을 두고 공기를 엎어 쌀이 흩어지는 걸 막았다가 쌀만 골라 밥을 푼다. 밥을 조금 헤치고 거기다 계란을 깨어 넣고 밥으로 덮은 다음 상을 들이면 달걀은 반숙이 된다. 그 밥에 깨소금이며 왜간장을 넣고 비벼서 남자 동생에게 주는데, 그런 밥도 깨지락대는 동생 곁에서 와글거리는 보리밥을 삼키려면 동생의 밥그릇에서 풍기는 설익은 달걀 비린내가 비위를 뒤집곤 했다. 눈물이 글썽이도록 비위가 뒤틀리는 데도 그게 그렇게 먹고 싶었다. 슬그머니 숟가락을 놓고 학교로 가는 날은 노리끼리한 어지럼증에 더욱 휘둘리게 되는 날, 지금도 노란 색은 문득 계란 비린내를 데리고 나온다.

조그맣고 아늑한 방에 따뜻한 불이 켜져 있는 모습을 계란 속 같다고 한다. 나는 그런 '내 방'을 갖는 게 소원이었다. 열대여섯 살 적 어느 혹독했던 겨울이었던가, 면목동이라는 밑그림 위에는 시골동네에서 보던 집들보다 더 나을 게 없는 납작한 집들이 띄엄띄엄 엎드려 황량하고 추운 바람을 견디고 있었다. 그런 집들을 지나서 채소밭머리에 가발공장이 있었다. 야간 잔업을 끝내고 포로수용소를 연상케 하는 공장 기숙사로 가려면 집집마다 창문에서 흘러나오던 노란 불빛들, 어지럼증을 다스리며, 추위를 견디며 종종걸음을 치노라면 저런 계란 속 같은 따뜻한 방에서는 어떤 사람들이 살까. 내 삶과 무관한 그들은 나와는 많이 다른 선민들일 거라고 단정하곤 했다. 들어가 보면 그럴 것도 없을 터인데, 방의 밖에서 안을 상상하는 일은 언제나 생각의 비약을 부른다.

퇴근길, 수십 년이 지난 지금도 택시를 기다리며 아파트를 올려다보면 창에서 흘러나오는 불빛들이 비현실적인 색채를 띠고 내려온다. 내가 드나들었던 적이 있는 집인가 층을 세어볼 때도 있지만, 대개는 달무리처럼 번지는 그 불빛을 턱없이 부러워하며 '계란 속' 같다 짐작되는 따뜻한 내부를 그려본다. 나는 불 켜진 그 안으로 들어갈 방법을 모르는 이방인처럼 아득해하며, 택시가 그냥 지나치는 것도 모르고 넋을 놓을 때가 있다. 집으로 돌아와 방에 불을 켜고 난방 스위치를 올리면 따뜻해지는 방, 밖에서 보면 내 방도 계란 속 같은 느낌일까, 일부러 밖으로 나가 바라봤던 적도 있지만 내가 들어갈 수 있는 방이어서 그런지 아무리 봐도 계란 속으로는 보이지 않으니 그 이름은 내가 들어갈 수 없는 모든 방들의 통칭임이 분명하다. '계란 속'은 빼고 그냥 '내 방'으로 만족해야 될 것 같다.

또 피부가 곱고 예쁜 여인을 일컬을 때 삶은 달걀 까놓은 것 같다고 했다. 박경리 선생의 ≪토지≫에 나오는 봉순이를 그렇게 표현한 대목이 있는데, 그 한마디 때문에 숱한 등장인물 중에서 봉순이가 그중 이쁜 자태로 내 느낌의 한 자리를 굳건하게 지키는 걸 알았다. 작가가 그리고자 하는 인물형과는 상관없이, 작은 표현 하나가 엉뚱한 모습으로 뿌리박혀 요지부동이 되는 일은 내게만 흔한 느낌인가?

까놓은 달걀 같은 느낌을 주는 내 친구 미자, 그네는 남의 집 곁방을 살았다. 그애 아버지는 건들건들 놀고먹는 건달이었고, 엄마가 품을 팔아서 끼니를 때우는 살림이었다. 거기에 비하면 우리 집은 논농사도 여남은 마지기 짓고, 밭도 천여 평이나 되는 자작농이니 비교가 안 될 만큼 넉넉하였을 터인데 나는 늘 미자가 부러웠다. 미자의 꽃고무신이 그랬고, 18색 크레용이 그랬고, 눈부신 도화지며 공책이 그랬고, 몸에 꼭 맞는 옷을 입는 게 그랬다. 그림자처럼 붙어 다니는 그애와 나는 서로 부러워하기 위해 세상에 나온 아이들이었다.

초등학교 1학년 봄이었나보다. 도비산 부석사로 소풍을 갔는데, 그애는 삶은 계란을 많이 싸왔다. 터가 넓은 우리 집은 닭을 몇 마리씩은 놓아길렀음으로 알도 낳고 했으련만 계란은 내 몫이 아니어서 소풍날 그 자리도 부러워하는 일이나 내 몫으로 챙기고 있었다. 그런데 뽀얗게 깐 계란을 혼자 아구아구 먹고 있던 미자가 갑자기 캑캑거렸다. 등을 쳐주고 물을 먹이고 곁에 있던 아이들이 더 놀라 소란을 피우며 위기를 넘겼다. 한숨 돌리고 다시 밥을 먹으려는데 글썽이던 눈물을 훔치던 미자는 무슨 놀이하듯 남은 계란을 한 개 한 개 건너편 바위에 던져 박살을 내는 거였다. 달걀을 먹을 정이 떨어져 그러는 것일 텐데, 하얗게 꽃잎으로 흩어지는 달걀 파편이 따끔따끔 가슴으로 박히던 쓸쓸하고 야속하고 치사하고 뭔지 모를 목메임이 모처럼 쌀알 섞인 밥그릇을 닫고 일어서게 했다.

세상에 나서 내가 처음으로 해본 도둑질도 계란이란 제목을 달고 있다. 이제껏 살아오면서 저지른 마음속의 그것이야 한두 가지랴만 실제로 마음이 아닌 손을 써서 훔쳐본 것은 엄마의 달걀, 아니 암탉의 알이었다. 봄이 되고 알을 품을 때가 되면 닭은 여기저기 돌아다니면서 알을 낳는다. 멀쩡한 둥우리를 놔두고 사람 눈이 닿지 않을 으슥한 곳, 제 딴에는 감쪽같다고 생각하는 풀밭이나 나뭇간 헛청에 숨어 알을 낳는다.

나뭇간에서 몰래 나오는 닭을 보았으므로 살그머니 손을 넣어봤더니 따뜻한 달걀들이 오밀조밀 모여 앉아 있었다. 그 중에서 두 개를 집어 배근네 가게로 갔다. 계란 두 개로 바꾼 연필 두 자루, 미자 것과 똑 같은 금박 글씨도 선명한 문화연필이었다. 내가 무슨 짓을 했는가, 벙벙한 상태에서 저지른 일인데 연필을 들고 집으로 들어와 정신을 가다듬은 다음에서야 어찌 수습해야 좋을지 기가 막혔다. 연필 어디서 난 거냐고 누가 묻는다면 감당할 요량이 서지 않아 겁을 먹고 허둥거렸던 부분만 기억 끄트머리에 올라 있을 뿐, 이상하게도 연필의 행방은 그림에 없다. 그 후로 오랜 동안 엄마가 닭 모이를 주느라 구구우 부르는 소리에도, "이누무 닭 워디다 알을 낳넌겨" 혼잣소리로 하는 말에도 가슴이 무너지며 살았다. 누굴 속이는 그런 행위가 얼마나 혹독한 값을 치러야 하는지를 내게 가르쳐 준 스승도 그러고 보면 계란이었던 셈이다.

배가 고프냐 아니냐 따위가 사물을 향하는 느낌을 사뭇 다르게 한다. 젖배를 곯으면 배고픈 걸 못 참는다는데, 나의 터무니없는 감정의 진폭은 그런 것에서 연유하는지도 모르겠다. 점심을 건너뛴 어느 날은 막차에 앉아 고딕체로 박힌 '살문 닥알'을 보다가 계란이 너무 먹고 싶어 차멀미를 몹시 했던 적도 있다. 집에 들어오자마자 계란을 판째로 삶은 건 물론이다. 한없이 먹을 것 같던 달걀, 두 개도 채 못 먹고 냉장고 구석에 뒹굴리며 참 실없다는 생각을 한다. 실없다는 말이 나왔으니 말이지, 어느 게 참이고 어느 게 실인지 살아낼수록 내 삶은 점점 실이 없는 쪽으로 기우는 모양이다.

들꽃의 보폭으로

봄이 오면 바람보다 먼저 꽃들이 깨어난다. 논두렁에 피어나는 들꽃, 밭둑에 모여서 배시시 웃는 풀꽃, 개울 근처 축축한 곳은 또 그 나름으로 가까운 이름들이 옹기종기 모여 봄맞이 하는데, 눈여겨보지 않으면 꽃인 줄도 모르고 지나치기 쉬운 것도 많다. 벼루기자리나 좀꽃마리를 들여다보노라면 너무 작아 이유도 없이 콧마루가 찡하다. 저리 작은 몸으로 숨이나 제대로 쉬어질까.

해묵은 사진들을 뒤적이다 보면 사람은 없고 풍경만 찍은 게 나올 적이 있다. 그 풍경에 감탄하며 찍었을 터인데 그게 언제 어디였는지 희미하기 일쑤여서 인물이 들어가 있는 경우와 구별된다. 아무리 좋은 경치라도 사람이 들어있어야 완성되는 풍경, 들꽃을 만나는 일도 사람과 관계된 어떤 내용을 담고 있을 때 그 의미는 크게 달라진다. 좀더 애틋한 정감으로 다가오는 꽃, 그 하나마다 연결된 사람이 있고 사연이 있어서 남다른 만남이 된다면 그런 신나는 일이 또 없으련만, 그런 인연들은 일부러 많이 만들자 해서 되는 노릇은 아닌 것 같다.

내 기억 속의 풀꽃들은 대개가 어린 날의 한가함과 어우러져 그들을 대하면 느긋한 마음이 된다. 저쪽에서 현대문명의 숨찬 맥박이 뛰고 있을 때 그 반대개념으로 놓인 이쪽에는 시간이 느릿느릿 기어가는 풀밭이 있었다. 세상에서 따돌려져 살아온 덕으로 내 기억의 갈피에 채워진 것들이란 게 풀꽃 따위 느슨한 이름인 것을 이제는 고마워 할 때가 더러 있다.

십대 후반이었던가, 내가 처음 받아본 꽃은 제비꽃이었다. '꽃 선물' 하면 장미나 카네이션 정도는 되어야 한다고 여겼던 희떠운 세월에 오랑캐꽃이라니, 그 촌스러운 이름 자체도 속이 상하는데 그걸 내미는 동네 오빠의 태도 또한 옛다, 꽃! 하고 던지는 투여서 그 제비꽃 뭉치를 받아든 속이 좋을 리 없었다. 웃자고 한 일 그냥 웃고 말면 그뿐이었을 터인데, 그게 왜 그리 창피하고 쑥스럽고 화가 났던지 계절 내내 그 오빠와는 말도 섞지 않고 지냈다. 길을 가다가 제비꽃을 만나면 그 날의 정경이 떠올라서 피식 웃게 되는데, 그런 얘깃거리도 못 되는 자잘한 기억들은 세월이 곰삭을수록 아름다워진다는 걸 새삼스러워한다.

어린 날 들꽃에 묻혀 뒹굴며 무심히 재잘거린 우스갯소리 하나도 들꽃과 어우러져 살아나면 아련한 꿈빛 아닌 것이 없다. 이제 화려하게 규격품으로 길러진 꽃들을 안고 오는 사람은 있어도 그런 다감한 풀꽃 한 송이 불쑥 내미는 사람은 만나기 어려운 세월을 산다. 들꽃을 꺾어다 내미는 누굴 기대하는 일이 가당키나 하냐 했다가도, 그 부분 뭔가 서운한 그늘이 진다.

그런 심사와 꼭 무슨 연관이 있어서는 아니지만 나는 풀꽃을 따서 불쑥 내밀어보는 짓을 잘한다. 그걸 받는 이의 반응도 갖가지여서 눈여겨보는 일이 재미있기 때문이다. 얼른 코로 가져다가 냄새부터 맡는 사람도 있고, 꽃잎을 떼어 손가락으로 비벼보는 이가 있는가 하면 실없는 짓 그만하라고 대놓고 말은 못하고 꽃에 대한 예우를 하느라고 애쓰는 사람, 꽃을 그냥 꽃으로 보면 될 일을 꽃말은 뭐냐 어떤 의미가 숨었느냐 복잡하게 생각하는 사람도 있어서 꽃에 짝지을 이름 하나를 얻게 되는 것이다.

어느 분이 쓴 소설 작법에서였던가. 봄꽃을 가을 동산에 등장시키는 따위 오류를 절대 범하지 말라는 글을 읽었다. 그 작가는 그런 실수를 질책하면서 아무리 잘된 소설일지라도 그런 실수를 발견하는 즉시 보던 책을 덮어버린다고 했던가. 글을 쓴다는 사람들이 소품 하나라도 허술하게 처리하는 걸 경계하는 그 정신을 긍정하면서도, 그럴 일만도 아니지 싶은 마음이 드는 것은 그 단호함에 깃든 오류 또한 껄끄러운 탓이다. 책에 기록된 계절과 동떨어진 때에 피어나는 들꽃들은 좀 많은가. 이상기온이다 뭐다 외적인 요인이 아니라도 식물들도 사람처럼 개별의 차이가 있다는 걸 인정하지 않는 것은 서운한 일이다.

강추위가 미처 닥쳐오지 않았던 지난 초겨울이었다. 늘 지나다니는 그 아파트 베란다 앞에 노랗게 핀 개나리며 벚꽃을 어이없어했던 적이 있다. 설마 하며 가까이 다가가 확인하고는 내게 입력된 개화 시기와 얼토당토않은 날에 피어난 꽃들, 봄날 제 계절에 핀 그 화사함은 아니지만 쭈뼛쭈뼛 내민 꽃잎들이 제법 꽃다웠다. 날씨가 전처럼 계절에 따라 춥고 더운 기운을 정확하게 맞춰주질 않아서 생긴 이변이라고들 하지만, 저 꽃들도 우리가 부르는 그 순리라는 궤도를 따라가는 일이 지루하고 따분했던 건 아닐까.

개체가 가진 어떤 특성이나 주변 환경 따위 사정에 얽혀 늦게 또는 빠르게 피어나기도 하는 꽃, 사람이거나 풀꽃이거나 함께 어울려 그다운 모양을 짓거나 외진 비탈길을 홀로 가는 삶도 있는 것이다. 어디에 어떤 모습으로 피어났다 하여도 꽃은 정점, 사람이나 나무나 꽃이 피는 시절은 생애에서 가장 완전하고 힘찬 부분인데, 식물처럼 확실한 꽃의 모습이 정형화되어 있지 않아 사람에게서 꽃을 찾아내는 일은 나름의 안목이 필요하다. 누구는 명예를 드날리는 시기를 꽃이라 말하고, 또 누구는 돈을 많이 모아 부를 거머쥔 상태라거나 무엇이 어찌된 부분을 그 나름으로 꽃이라 부르니 다분히 주관적이어서 그 형태를 일컫기가 어려운 게 사람이 피어낸 꽃일 터이다.

누구나 공감하는 꽃을 피우는 일은 필생을 기울여야 할 어려운 노정 끝에 있는 자리인 것 같다. 모든 걸 놔버린 듯 너그러운 노인들에게서 자주 꽃을 느끼게 되는 까닭은 그 때문인지 모르겠다. 저승꽃이 만발한 모습이 참 아름답다 여겨질 때면 우리가 제대로 셈하기 어려울 만큼 수많은 형태의 꽃이 피고 지는 세상이 신비스럽고 새삼 고맙다.

가족도 없이 추운 말년을 보내는 우리 교회 집사님 한 분이 계시다. 기아에 허덕이는 북한 아이들 얘길 들으면서 눈물을 글썽이는 팔순 노인, 자신도 눈비나 겨우 가릴 정도의 허술한 방에 살면서 추운 날이면 말끝마다 집 없는 이들을 걱정하신다. 그냥 지나는 말이 아니라 마음으로 아파하는 걱정이므로 듣고 있노라면 내게 보장되어 있는 세끼 밥이며 따뜻한 잠자리가 불편스레 여겨질 지경이다.

모두들 살기 어렵다고 아우성치는 세월이다. 잠시 숨을 돌리고 자기 삶의 속도를 줄여본다면, 그래서 주변에 널려 있는 숱한 형태의 꽃들을 만나서 함께 섞여 꽃일 수 있다면, 들꽃의 속도에 보폭을 맞춰 주변을 둘러보며 걷는 여유를 내 것으로 챙길 수 있다면 세상이 잘못되어 간다고 걱정할 일은 없을 것 같은데, 무엇이 우리를 정신 차릴 수 없이 휘둘러 내모는 것일까. 이젠 천천히 걸어 꽃으로 피어날 연습을 해야 할 자리에 다다른 것 같다.

내가 애냐?

오늘은 어머니한테 가는 날, 늘 하던 대로 점심시간 가까이 되어 도착했다.

집에 들어가자마자 들고 간 반찬들을 넣을 겸 냉장고 문부터 연다. 깨끗하다. 청소 상태가 좋다는 뜻이 아니라 들어앉아 있어야 할 먹을거리가 없다는 말이다. 엊그제 갖다 넣은 뭐는 어쨌느냐 물어볼 필요도 없이 어머니는 냉장고를 털 듯 다 내어주고, 돌려주고 개운하게 손을 닦았을 것이다. 당신이 드실 것까지 남김없이 모두 줘버리는 어머니의 습관을 가지고 구시렁거리다 생각하면 그러는 내가 몹시 야박한 것 같고 인색하기 짝이 없는 마음을 지닌 게 아닌가, 스스로 작아져서 하던 말을 줄이고 만다.

누구를 돕는 것도 그렇고, 내주는 일도 정도가 있어야 하는데 구순이 되도록 우리 어머니는 그렇게 마음껏 사셨다. 그러니 잘 사신 거라고 부추겨 드려야 마땅하겠지만 눈앞에 그런 상황이 닥치면 좋은 말이 잘 안 나온다. 어제도 며느리가 맛있는 음식을 차려 와서 냉장고에 넣을 데가 없다는 말씀을 하셨는데 오늘은 아닌 듯 말끔하게 치워졌다. 그러니 우리가 아무리 반찬을 많이 장만해 왔다 해도 또 깨끗이 치워질 테고, 노인네 뭐먹고 사시나 내일쯤 누가 와보면 딱하게 여길 것이다.

누구에게 선심을 쓴다거나 돕는 일을 두고 뭐라는 게 아니라 그 정도가 지나쳐 어이없을 때가 많다는 말이다. 어릴 적 기억 속에도 어머니의 그런 습관 때문에 서운했던 일이 많았던 걸 보면 어머니는 젊어서부터 그러셨던가 보다. 집에 배고픈 어린 자식들이 즐비한 그 시절에도 쌀을 퍼다 누구네 갖다 준다든지, 뭐든 주는 일을 잘하셨다. 물론 그런 인연으로 주변에 항상 사람으로 둘려 사시는 걸 감사해야 할 일이지만 이제 돌아보면 참 남다른 삶의 방식이었던 것 같다.

보통 사람이라면 가족 먼저 구하고 그 다음으로 주변을 섬길 것 같은데, 때때로 어머니에게 가족은 안중에도 없는 게 아닐까 섭섭한 마음이 든다. 그런 일련의 일들이 꼭 어떤 도움이 필요한 이들에게만 그러셨다면 우리도 군말 없이 어머니의 일들을 온전한 선행으로 기억하고 있을 것이나 꼭 그러지 않아도 되는 사람들, 일테면 형편이 우리보다 나은 사람들에게도 주는 일을 좋아하신다. 사정이 어려운 집을 돕는 수준이 아니라 마음으로 친한 사람에게 퍼주는 일인지라 그 부분을 순전한 미덕으로, 칭찬거리로 기억하지 못하고 여지껏 어머니의 그런 점이 우리 마음 안에서는

'습관'이라 폄하되는 경우가 생기는 것이다.

남들에게 내준다고 해봤자 농촌 살림에 뭐가 그리 넉넉해서 흡족하게 나눠줄 게 있었으랴만, 그 시절 우리 부엌에서는 보기조차 드문 두부 한 모만 생겨도 그걸 들고 건너말로 가시던 어머니, 논두렁을 건너는 그 신나는 걸음걸이가 지금도 눈에 선하다. 집에 들어앉기를 싫어하는 성격도 그런 일에 한 몫을 했을 터, 마실로 돌면서 만나는 이들에게 칭송을 듣는 그 기분을 즐기셨던 걸까. 지금도 여전히 칭찬에만 귀를 여는 모습을 보면 이런저런 어머니의 성향들이 이해는 되지만 말이다.

이른 저녁을 먹고 둘러앉아 어머니 다리를 주무르다가 내복 무릎 부분을 누덕누덕 기운 걸 보았다. 요새는 옷이 낡아 구멍이 나는 일도 흔치 않은 일, 새것은 어쩌고 이런 걸 입으셨냐고 그게 말거리가 되어 이런저런 소리들이 오간다. 헌것이 더 따뜻해서 그런다는 말씀에 지난 가을에 사드린 건 또 누구 내줬냐고, 그 많던 내복들은 모두 어디로 치우고 떨어진 걸 입고 사시냐, 말의 향방이 그쯤 흐르면 어머니나 딸들이나 약간씩은 맘이 상해 버려 별스럽지 않은 말도 가시가 돋고 상황이 나빠지므로 조심을 해야 한다.

"우리 엄마, 누가 보면 불쌍해 눈물 나겄다."

마음을 누그리려고 어머니 무릎을 짚어보니 폭신한 감촉이 온다. 내복 구멍 난 곳을 가운데로 두고 넓게 여러 겹으로 덧대서 꿰맨 부분이 따뜻하여 무릎 시린 게 덜하다는 말씀이 빈말이 아닌 게다. 그러고 보면 어머니가 하시는 일마다 설명을 들으면 이해를 못할 것도 없는데, 말할 새도 없이 예서제서 한 마디씩 툭툭 던지는 바람에 답변을 재빨리 못하시므로 급한 말막음으로 핀잔을 해버리는 것이어서, 그 잠깐을 참지 못해 우리는 욕을 얻어먹는 손해를 자초하는 격이 되고 만다.

젊은 사람들 말을 척척 받아치는 언변이며 기억력이며 그 연세에 노인다운 굼뜬 구석이 없는 점은 우리 어머니의 정신이나 신체기능이 존경스러운 수준이신 것, 묻는 말에 즉답이 안 나오는 경우가 더러 있지만, 마음이 여려 다치기 쉬운 딸들에게 곧이 곧대로 말하지 않고 약간씩 외둘러 답을 하시느라 궁리하는 중인 것이다. 일테면 우리가 다른 얘기를 하느라고 한바탕 분위기가 밝아졌을 때 내복들의 행방을 조근조근 설명하며 다가오시는데 '하나는 신주공 할매 생일 때 선물로 주고, 가을에 사온 분홍색은 저 아래 연립 꼬부랑 할매 불쌍해서 주고, 금자네 놀러가느라 빈손으로 가기 뭐해서 들고 갔다'는 내복들의 용처, 맘속으로야 어찌 되었든 그러셨냐고 잘하셨다고 칭찬을 하고 지지해야 하는데, 아무 말 없는 딸들의 속을 먼저 넘겨짚으셔서 더는 할 말이 없도록 마무리를 하신다.

"나 죽으면 다 태워 없앨 것인디 내가 병든 뒤 누워서 가져가라면 꺼림칙하여 누가 받아가기나 허것냐."

잘하셨다는 말을 기어이 받아내고야 마는 어머니, 그 집요한 화술을 누가 대적하나, 다시 웃게 된다. 그러니 반찬이나 간식거리의 간곳없는 행방은 물어서 무엇하랴. 그것들은 그 나름의 내력이 생기면서 뿔뿔이 흩어진 사연을 또박또박 새긴 채 어머니의 마음 창고 안에 정리되어 있을 것이다.

어머니에겐 자식인 우리가 모르는 매력이 있는 게 확실하다. 그만큼 찾아오는 사람이 많고 보고 싶다는 이들이 많다. 따뜻하고 다정하다는 평을 듣는 어머니, 그 따뜻과 다정이라는 수식어에 우리 자매들은 서로 얼굴을 보며 표정관리를 해야 하지만, 남들에게라도 어머니가 그런 느낌으로 닿는다니 그 아니 다행인가. 자식들을 다정스럽게 껴안아 주는 건 그만두고 손 한번 잡아준 적이 없는 어머니, 매서운 눈으로 심한 질책이나 일삼으셨던 어머니, 보고 배운 게 그래서였는지 애들 키우면서 자연스럽게 손 한번 잡아지지 않던 우리 아이들 어렸을 때를 돌아보면 할 말은 없으나 우리 어머니는 그 정도가 너무 심하셨다.

그런데 팔순이 지나 구순에 들면서 부쩍 스킨십을 좋아하신다. 다른 사람들이 놀러와서 반갑다고 끌어안는다거나 손을 잡는 일이 빈번해지면서 그런 사람들 칭찬이 유난한 걸 느끼게 되는데, 우리 동기간들을 싸잡아 욕하는 주제가 '즈 아베 닮아' 멋대가리가 없어서 그렇게 무뚝뚝하고 쌀쌀맞다는 것이다. 스킨십을 원하신다 한들 우리는 그런 걸 몸으로 배운 바 없으니 어색해서 못하는 게 당연한 거고, 빈

말을 싫어하니 입에 발린 좋은 소리들이 드물 수밖에 없는데, 우리 어머니 입장에서 보면 새끼들이란 게 있는 대로 모두 인정머리 없고 따뜻한 마음도 없는 '맘에 안 드는 종자들'인 것이다.

흥성한 잔치판을 좋아하셔서 사십 대부터 당신의 생일을 차려 동네잔치를 벌이곤 하셨던 참 드문 성격이신데, 그걸 보고 자란 딸들은 그런 기념일이거나 기억해야 할 날들을 별로 달가워 하지 않고 어물어물 얼른 지나가길 원한다. 누구네가 집들이를 한다거나, 어느집 아이가 돌이라거나, 가까운 이의 생일이나 자자분한 일들을 대충 건너뛰는데, 그게 더러는 욕먹을 경우도 생기는 것이다. 우리 형제들이 지닌 그 기념일 성가셔하는 부분은 세상을 살면서 손해를 볼 때가 많다.

대부분의 어머니와 딸들은 많은 부분 닮아있기 마련, 보통은 그런데 도대체 닮은 구석이 안 찾아지는 모녀들도 있는 것이다. 당신의 생일 음식을 당신 손으로 손수 들고 다니며 나눠줘야 속이 시원해 하시는 어머니, 건널목은 잘 건너실까, 내다보면 겅충겅충 보폭이 넓고 반듯하게 잘 걷는 걸음걸이로 찻길을 지나 아파트 숲으로 들어가면서 설백의 머리칼에 석양빛이 잠깐 머물 때가 있고, 그 잠깐의 반짝임이 몽환적인 어떤 느낌을 펴는 순간이 있다. 무어랄까, 안타까운 잔영으로 남는 모습을 어디선가 꼭 한번 보았던 듯, 이 땅이 아닌 다른 어디서 눈에 익은 것 같은 그림이다. 마

음 안에서 뭔가 뭉클하다. 어머니가 그 아파트 숲에서 나올 때까지 꼼짝 못하고 서 있었던 적이 있다

잠깐 든 생각이지만 언젠가는 그렇게 어디서 본 그림이듯 안타깝게 어머니와 우리의 길이 달라질 것이다. 달이 저문 자리 찬바람이 지우고 가듯 속절없어서 꼼짝도 할 수 없는 그런 순간이 올 것이다.

멈췄던 호흡을 풀 듯 시원시원 걸어 나오시는 어머니 특유의 걸음걸이, 다시 돌아오셔서 가까운 옆집도 우리를 대신 보내는 법 없이 모두 당신 손으로 생일음식을 건네줘야 속이 후련하신 어머니, 그때마다 육십이 넘은 딸들은 구순 어머니를 심부름 보내고, 그 어머니보다 더 쇠한 노인네들처럼 옹송그려 앉아 구경이나 하고 있다. 우리가 잠깐 동네 슈퍼에만 가려고 해도 뭐 조심해라, 뭐 챙겨라, 주문이 긴 어머니에게 건널목 조심해 건너시라고 했다가 냅다 한소리 듣는다.

"내가 애냐?"

석양을 튕겨내며 사라지던 모습 때문에 마음이 약해져서 우리는 또 착각했던 것이다. 우리 어머니는 어른인데 말을 조심 없이 했구나. 좋은 것은 이웃에게 다 나눠주고 나눠 먹이는 반듯한 생각이 어른이 아니고 무엇이랴. 이제는 텅 빈 냉장고를 만나더라도, 누덕누덕 기운 내복을 보더라도 잠잠할 일. 언제쯤이 되어야 우리 어머니를 다 배우나, 이제 반성문을 쓰는 일도 멋쩍으니 그저 잠잠할 일이다.

송아지 찾기

송아지가 없어져서 한나절 내내 찾아 다녔다. 여물을 먹는 어미 곁에서 촐싹거리며 돌아다니는 걸 아침까지 봤는데, 어디로 사라졌는지 온데간데없다.

근처 찔레덤불이며 개울이며 송아지가 숨어 있을 만한 곳이면 모두 뒤적거려 봤지만 없다. 어느새 뒷산으로 올라갔나? 산을 온통 헤매다가 가시덤불에 정강이만 긁히고 내려왔다.

전에는 송아지를 잃어버리면 어미 소를 끌러 놓았다. 냄새를 맡아 찾아내는지, 아니면 사람이 모를 어떤 연결고리가 어미와 새끼 사이에 이어졌는지, 찾기 어려운 송아지를 어미 소는 얼른 찾는다. 그런데 우리 집 소는 어찌된 셈인지 고삐를 끌러 놔도 외양간에서 나오려고 하질 않는다. 울간만 뱅뱅 맴돌 뿐 새끼를 찾으러 나설 낌새가 아니다.

어미를 믿었더니 그도 틀리고, 가만히 있어도 더운 날에 논두렁 밭두렁 어우러진 풀숲을 헤매느라 힘도 빠지고 짜증도 나서 나무 그늘에 주저앉는다. 하기야 제때에 부어주는 사료나 얻어먹고 가만히 있어도 사는 데는 지장이 없이 살아온 소가 무슨 생래의 지혜가 남아서 새끼 냄새를 따라가 찾고 말고 하랴. 모두 무뎌져서 이젠 쓸모가 없이 되어버렸기 십상인 그런 저런 본능들은 이제는 기대하기가 너무 늦은 게 아닌지 몰라. 사람이 소를 그 지경으로 만들어 놓고 미련하다 어쩌다 소를 나무라다니 우스운 일이긴 하다.

살아가는 지혜가 무뎌지고 흐려져서 두루뭉수리가 된 게 어디 소뿐이랴. 자연 속에서 대지의 호흡에 기대어 살았던 날에는 맑아 있었던 우리네 정신이 지금 어디에 살아남아 그것이라고 부를 수 있을까. 탁한 세파만큼이나 생각들도 흐려져서 누덕누덕 각질로 뒤발하지 않고선 목숨 부지하기 곤란한 세월을 사는데 무엇 하나 온전하게 보존된 게 있을까.

도시에서 외양간과 인연이 없이 사는 이들이 소는 순하니 어떠니 써 논 글들을 읽을 때마다 이 사람 소를 얼마나 안다고 이렇게 자신만만한가 의문을 갖는다. 내가 아는 소는 결코 순하지도 우둔하지도 않기 때문이다.

우리 집 외양간에 들어있는 지금 저 암소는 어미에서 어미로 거슬러 올라 5대를 우리 집에서 나와 함께 살았다. 그런 터수에도 결코 내게 호락호락하거나 유순한 곁을 안 내준다. 어쩌다 내가 여물을 퍼주거나 짚새를 넣어주려고 외양간에 들어가면 얼굴이 삐뚤어지도록 가로 틀면서 위협하는 소릴 낸다. 그게 가까이 다가오지 말라는 일차 경고, 그 다음엔 뿔을 숙이며 콧숨을 분다. 그 꼴을 보고 있으면 참 정나미가 떨어진다. 때리는 시늉으로 주먹이라도 올릴라치면 겅중겅중 뛰면서 대든다. 권투선수의 스파링 폼을 흉내내는 꼬락서니 같아서 피식 웃고 말지만 당할 때마다 괘씸하다. 내가 제게 뭘 그리 뻐지게 잘못하는 게 있어 저리 못마땅할까. 그것도 모든 사람에게 그런다면 그러려니 하겠는데, 그게 가족 중에도 남자는 빼고 나와 딸내미에게만 그러니 모를 노릇이다. 코를 꿰어 매인 주제에도 남녀차별은 철저해서 키 작은 아이라도 남자에겐 고분고분하고 여자에게만 그러니 내 어찌 저를 곱게 보아줄 수 있겠는가.

그리 괄괄한 척하던 것이 새끼가 집을 나가도 모르고 저렇게 딴전을 핀다. 젖이 불어서 퉁퉁하게 늘어졌는데도 게으른 울음이나 가끔씩 빼어볼 뿐, 새끼 찾을 생각은 안 하는 것 같다. 풀만 우적우적 먹고 있는 저 입상을 그저, 손을 올렸다가 그만 둔다. 가끔씩 먼 데를 보며 움~머 소릴 뽑는 걸 보면 저도 맨판 태평스러운 속은 아닐지도 모른다는 짐작 때문이다.

한나절이 지난 뒤 외양간 바로 옆 풀더미 아래서 늘어지게 기지개를 켜면서 일어나는 송아지를 만났다. 참 느싯한 놈도 다 있지, 바로 곁에서 그리 북새를 떨어대는 사람들이 저 녀석 눈에는 얼마나 우스웠으랴. 그 한갓져 보이는 눈빛이며 동작이 어이없어서 그냥 웃고 만다. 허송한 시간도 아깝고 한 대 쥐어박고 싶은데, 그놈의 유유자적 앞에 모든 감정이 누그러지고 만다. 배포가 유하다는 건 강점이다. 저 정도 배포라면 천하를 도모할 도량감이다.

잊지 말아야겠다면서도 번번이 까먹는 일이다. 우리가 애태우며 찾아 헤매는 송아지는 바로 발밑에 있다는 사실, 연한 풀과 젖이 퉁퉁 불은 어미 소를 준비해놓고 기다리노라면 사람의 의지와 상관없이 놈은 '제때'에 돌아오는 것, 아무리 소리쳐도 동동거려도 소용없고, 등장할 차례가 되어야 슬슬 일어나 모습을 나타낸다는 사실을 말이다.

짧아서 좋은 글

친구 오빠가 전화를 했다. 지난번 서산에 갔다가 길거리에서 마주쳤는데 어찌 지내느냐고 안부를 묻기에 대답 겸 동인지를 보냈다. 그 답으로 전화한 모양이다. 그런데 대뜸 한다는 말이 책은 잘 받았는데 다음부터는 안 보냈으면 좋겠단다. 놀라운 중에도 이유를 물어봤더니 읽어도 무슨 소린지 모르겠고 부담스럽다는 것이다.

통화를 끝내고 다시 생각해도 묘했다. 내 글이 실린 책을 거절당하기는 처음이라서 더 그랬을까. 막막한 벽과 만나고 있는 느낌이다. 내가 전혀 받아들여지지 않고 튕겨져 나오는 느낌의 차가운 벽. 그래 달리 할 말이 없다. 그 농부의 말이 진실이라는 것, 미화하여 꾸미고 보탤 주변머리가 없는 소박한 농부, 내 둘레에 있는 이웃들이 그와 형편이 비슷하다는 사실이 오늘 따라 내 삶을 쓸쓸하다 여기게 한다. 꼭 읽어줬으면 싶은 그 사람들, 나는 그들이 알아듣지도 못하는 언어를 갖고 무얼 하겠다는 것이냐. 딱한 노릇이다.

내가 쓴, 아니 우리 동인들이 쓴 모든 글을 다시 꼼꼼히

짚으며 읽어본다. 어디에 알아듣지도 못할 말들이 들었을까. 죽은 말의 시체라도 찾을까 하여 유식한 냄새를 풍기는 글귀가 눈에 띄면 더욱 찬찬히 훑어보지만, 별다르게 현학적인 냄새가 짙다거나 잰 체 하는 구석이로구나 짚이는 게 없다. 그냥 보통 통용되는 말들이 나란히 기어서 제 갈 곳으로 가고 있을 뿐.

제 갈 곳! 얻어맞은 듯 내 독백 하나에 불이 켜진다. 그렇구나! 제 갈 곳으로 저 혼자 잘 기어가는 언어! 함께 어울려 가는 게 아니라 저희끼리만 가는 단어들의 행렬. 무슨 소린지 모르겠다는 건 그 말이 아닐까? 읽어도 가슴으로 쿵 치고 들어오는 게 없는 글이라면 그런 글들이 가득한 책, 종이가 빳빳하여 뒤지로도 쓸 수 없는 그것이 무엇에 소용되랴. 상대를 향해 서운하던 감정이 바늘 끝처럼 따갑게 되찔려 온다.

숨에서 단내가 나도록 힘든 농사일을 하며 고된 노역의 하루가 저물고 곤한 몸을 쉬면서 그는 책을 펴보았을 것이다. 단내 나는 숨의 언어, 공감의 언어를 찾아 그는 책장을 넘겼으리라. 얼른 찾아지지 않는 공감의 소리를 찾다가 허탕을 친 그가 할 수 있는 말로는 '알 수 없다'는 언어가 아니었을까?

문학의 목적이나 기능을 새삼 운운하기는 어색하고 쑥스러운 일이지만 이런 글들을 왜 써야 하는가라는 벽에 곧바로 닿는 걸 막을 길이 없다. 작품의 사회적 기능을 따져가며 쓴다는 것은 우리 역량 밖이므로 알 바 아니라면 그도 말은 된다. 그러나 춥고 힘든 혼들을 껴안을 수 없는 글, 함께 공감하고 한 결이 될 수 없는 그걸 왜 써야 하는 걸까. 우습게도 이쯤에서 나는 또 길을 놓치고 쩔쩔매야 하는 자리다.

오늘은 일진이 그런 날인가, 이번엔 서울의 친구에게서 전화가 왔다. 내가 보내지 않았는데 다른 이로부터 책을 받아본 모양이다. 책을 잘 읽었는데 시가 참 좋더라고 말하는 그에게 내 시가 어찌 좋더냐고 물어봤다. 전에 없던 짓이다. 수필을 읽고는 반응들을 하는데, 시를 어떻다고 초드는 사람은 아직 드물어 딴에는 반가워서 물어본 거다.

"응, 짧으니까 끝까지 읽을 수 있어서 좋더라."

글이 오죽 재미없고 읽어지지 않으면 단지 짧아서 좋다는 말이냐. 글을 쓴다는 일 앞에 잠시 심호흡을 하며 반성해야할 구석이다.

무슨 소린지 모르는 언어, 다만 짧은 것 하나 장점으로 하는 작품을 쓰겠다고 끙끙대고 덤비는 자신에게 변명거리를 찾아와야 할 텐데, 내가 잘하는 일이란 캄캄한 벽에 이마를 부딪는 짓밖에는 없으니 탈이다.

동인지가 한번 발간되면 많은 이들의 격려를 받는다. 대개는 좋은 말들이고 상대를 배려한 따뜻한 얘기들인데, 이제 돌아보니 좋은 말을 해주는 이들은 모두 고등교육을 받은 사람들이라 언어 표현이 세련되어 있었다는 생각이 든다. 세련미와 투박성의 진실을 어쩔 수 없이 또 대보게 된다.

세계 인식은 누가 어쩔 수 없는 그 개체의 몫이다. 세련된 미감의 언어로 칭찬을 한다거나, 투박하고 뭉툭한 말로 뒤통수를 한 대 갈기는 차이는 그가 부여받은 몫만큼의 자기표현일 것이다. 하면 다듬어지지 않고 곱게 옷을 입히지도 않은 말로 평가를 받는 일은 기뻐해야 할 노릇인데 왜 얻어맞았다는 느낌으로 당황해야 하는가. 아니라고 변명해도 내가 얼마나 치장을 잘한 말에 길들여져 있는가 알 수 있다. 내가 쓰는 말들도 그런 범주를 벗어났을 까닭이 없겠으니 고민을 좀 해봐야겠다.

글을 쓴다는 일이나 말을 한다는 일이 손을 움직이고 몸을 고되게 부린 만큼 곧바로 눈앞에 성과가 나타나는 그런 호락호락한 거였으면 좋으련만 가도 가도 오리무중인 길, 무언가 끝없이 자기표현을 해야 한다는 사실이 맛 없는 글을 읽어주는 이들에게 미안하고 멋쩍다.

새끼손가락

평소엔 거기 달려 있는지 어쨌는지 잊고 살던 새끼손가락이 요즘은 내 온몸을 질질 끌고 다닌다.

차문을 닫다가 새끼손가락을 다쳤다. 다친 건 새끼손가락 손톱인데, 온몸이 열에 들떠 으슬으슬 춥고 아프다. 밤새 끙끙 소릴 내며 앓을 지경으로 호된 통증이다. 손톱 하나 다친 정도로 무슨 엄살이냐 하겠지만, 나도 남의 말이라면 그랬겠지만 손톱 하나 빠지는 게 그랬다. 병원에 안 가고 약을 안 먹고 아픈 걸 고스란히 견뎌보기로 한 게 처음부터 지나친 객기였다. 하룻밤 자고 일어나니 더 아프다. 조금 더 못 견디랴 했더니 팔을 들기도 힘들게 가래톳이 서고 열은 여전하다. 이쯤해서 고집을 접고 병원에 갈까 마음이 약해진다. 그러나 찬바람을 쐬면서 나서는 일도 만만한 일은 아니어서 하루만 더 참아보자 창문을 닫는다.

어디가 아프면 그건 희망의 싹이다. 한 촉 바람을 싹 틔워 바라보는 것이다. 하루가 지나면 얼마쯤은 호전되겠지. 이틀 사흘, 조금씩 달라지는 증상을 보며 바람을 키워가는 것, 요즘은 독감이 유행인데 걸려들어 고생할까 걱정도 되지만 지루한 인생길에 그런 장치조차 없이 간다는 것은 딱한 노릇일 거라는 생각을 한다. 노상 시답잖은 통증들을 달고 사는 것도 어렵긴 하지만, 밋밋한 삶에 잠깐 긴장할 말미를 주는 것도 썩 나쁜 일 같지는 않다.

가족들이 병주머니라고 부를 정도로 나는 자주 아프다. 감기는 셈으로 칠 것도 못되고, 위가 탈이 난다든지 만성두통 따위 시시한 제목에서부터 알레르기성 뭐라거나 신경성이라는 이름으로 뭉뚱그려진 증세들이 줄줄 따라붙고, 이젠 뼈마디들마저 제 차례라는 듯 시위 중이다. 남들처럼 계단을 힘차게 쿵쿵 뛰어 오를 수도 없는 딱한 처지가 됐으면서도 아무 불편을 모르고 살던 때보다 지금이 고맙다. 그래도 시원찮게나마 걸음을 곧잘 걸어주는 다리가 고맙고, 남들 눈에 이상해 보이지 않을 정도로 아직은 제 구실을 해주는 뼈마디들이 생각할수록 대견하다.

몸속에 들어 있어 안 보이는 어느 기관이거나 몸 밖에 있어서 잘 보이는 지체거나 나 여기 있소, 제 주장을 하고 나서면 그건 좋지 않은 조짐이다. 찬물을 한 컵 마셨을 때 이가 시리면 잇몸에 이상이 생긴 것이고, 목으로 넘기면서 좋지 않은 느낌을 받는다거나 위의 모양이 그려지면 찬물 정도에 자극이 되는 상태, 뭔가 불편하다고 위장이 말을 하고 있는 것이다. 오랜 세월 병주머니로 살면서 생체실험(?)을 해온 덕으로 웬만한 증상의 대처요령이 저절로 터득이 되어 이젠 별 불평 없이 살만하니 어떤 현상이거나 득실은 챙기기 나름인 것 같다.

세상에는 몸에 좋다는 것들이 많기도 하고 뭐가 어떻네 자기주장을 펴는 건강관련 서적들만 해도 어지러울 지경으로 많다. 거기다 입에서 입으로 전해지는 처방들도 잘못하면 떠내려 갈 만큼 도도한 흐름을 이룬다. 쓸데없이 예민한 몸을 끌고 여기까지 오느라 고생한 만큼 곧이듣는 일에도 까다로운 수준이 붙은 것일까, 상당히 고급스런 솜씨로 다가오는 무엇이 아니면 호락호락 곧이들리지 않는다. 내 경험과 맞아떨어지고 바른 이치가 이해되어 긍정할 부분을 갖추고 있어야 아 그렇구나 움직이는 것이다.

채식이 좋다고 한동안 세상 푸성귀란 푸성귀는 다 거덜 낼 듯 요란하던 사람들이 시들해져서 제자리로 돌아가고, 비타민이 어떻네 뭐가 어떻네 와그르르 몰려다니는 이들을 보면 참 귀가 얇아서 편하겠다는 생각이 든다. 어떻게 검증받지 않은 음식이나 약품에 내 몸을 그리 손쉽게 내놓을 마음을 먹는 것일까. 이것저것 따져보고 재다가 보면 와 닿는 것이 남는데 그런 식품이라면 조심조심 접근해볼 필요는 있다. 내가 그런 저런 건강에 어떻다는 식품 중에서 유일하게 신뢰하는 게 있다면, 현미다.

될수록 가공을 거치지 않은 통곡식을 먹는 일이 좋다는 걸 알면서도 부드럽고 달콤한 것에 길들여진 식성 때문에 처음엔 어려웠지만, 예의 그 생체실험에 성공한 게 현미여서 이젠 의존성마저 느낀다.

현미밥 먹는 일이 지겨워지면 잠깐 흰쌀밥으로 돌아가는데 그러면 얼마 지나지 않아 몸이 슬슬 자기표현을 시작한다. 하나씩 찾아드는 반갑지 않는 증세들을 처음에는 그냥 참아보다가 견디기 힘든 상태가 되면 다시 현미 쪽으로 손을 내민다. 그걸로 하루 만에 개선되는 것은 변비 따위 잘못된 소화기 기능들이 바로잡히고, 달포쯤 지나면 살결부터 달라지는 걸 경험한다. 좋지 않은 증세들이 누그러지는 건 느낌으로 먼저 오는데 혹시 플래시보 효과가 아닌가 의심하면서 몸의 반응을 찬찬히 살피지만 그렇지는 않은 것 같고 알레르기비염, 천식 따위는 확실한 효과를 본다.

피가 철철 나는 새끼손가락을 대일밴드 하나로 견디는 것도 그동안 꾸준히 현미를 먹었으므로 몸의 저항력이 어지간히 높아져 있을 거라는 걸 믿음으로 하루하루 회복 속도를 보려는 심산이다. 그러다가 나쁜 균이라도 들어가서 파상풍에 걸리면 어쩌려고 하지만 상처부위를 청결히 간수하면 곧 괜찮아질 것이다.

손톱이 빠지고 새 손톱이 내밀면 나는 또 오랜 동안 차오르는 손톱을 기다리며 희망에 살 수 있으니 그 아니 좋은 일이랴. 남달리 아픈 데가 많은, 그래서 남달리 예민한 몸도 그렇고 와글와글 문제투성이 세상, 중태를 앓고 있는 환경문제라거나 사회문제, 이 나라 정치판 돌아가는 꼬락서니도 전보다는 많이 자리가 잡혀 가는 걸 느끼지만 좀더 바랄 부분이 있으니 달리 생각하면 한 촉 희망인 셈이다. 다 이루어 평안을 찾고 지고선(至高善)을 찾아 나아가는 바람의 길, 그 아픈 통증을 견디는 와중이기 때문이다.

극심한 통증이 가라앉으면서 열이 내렸는가, 으슬으슬 춥던 몸이 좀 누그러진다. 그래도 아직은 욱신거리는 기가 남아있는 손을 수건으로 둘둘 말아 안고 손가락이 다 나으면 할 일들을 셈해 본다. 세탁기로 돌릴 수 없어서 모아놓은 털옷들도 빨아야 하고, 싱크대 밑바닥도 물청소를 해야 하고, 움배추를 꺼내서 김치도 담가야 하고….

한 손으로 반쪽 일만 하면서 사소한 그런 일에서 유예를 받은 요즘은 뭔가 몹시 불편하기도 하고, 무엇에서 놓여난 듯 턱없이 한가한 느낌도 난다. 아픈 게 왼손이기 때문에 글씨도 쓸 수 있고 독수리 타법으로나마 자판을 두들길 수도 있으니 얼마나 다행스런 일이냐 고마워하면서.

신체 부위 그 숱한 명칭들을 하나하나 불러보면 소중하지 않은 무엇이 있으랴. 그럼에도 고맙다고 생각해본 적이 없이 살아왔다. 이제라도 내겐 네가 참 소중하다고 해줘야겠다. 이게 모두 다 새끼손가락이 제 몸을 깨트려 가르쳐준 깨우침이다.

발가락아, 고마워! 눈아, 고마워! 팔꿈치야, 고마워… 내 남은 생을 다 바쳐도 다 주워섬길 수 없는 모든 존재들, 없는 듯 거기 있는 삼라만상(森羅萬象)에게 머리 숙여 고마운 마음을 바친다.

콩 줍기

가을 가뭄이 계속되고 있다. 콩들이 채 여물지도 못하고 꼬투리에서 말라 지레 튄다. 제대로 때맞춰 걷이하기는 틀린 일이어서 그냥 넌출을 뽑았더니 대에 달린 것보다 흙에 뒹구는 콩알이 더 많을 듯하다.

추석 쇠러온 큰아들 녀석과 콩을 줍는다. 마른 콩잎을 제치며 숨은 콩알들을 찾아 밭을 차곡차곡 더듬어나간다. 바가지는 차오를 줄 모르고 시간은 잘도 간다. 우리 모자가 이렇게 값이 안 나가는 일에 매달릴 처지냐, 우스갯소릴 하다 보니 딴은 그렇기도 하다. 근표는 물론이려니와 나도 계산방법에 따라선 만만찮은 부가가치를 지닌 사람인데 말이다.

나는 김치를 잘 담글 줄 안다. 맘먹고 덤비면 그것도 아주 맛깔스럽게 말이다. 재래식 고추장이나 된장 따위를 잘 담그는 것은 물론이고, 정성을 들이자고 하면 밥을 고슬고슬하게 잘 짓듯이 뭐든지 그럴 수 있는 감각을 지녔다고 내 딴에는 그렇게 생각한다. 또 무엇이 내가 지닌 기능일까,

생각하면 무진장 많을 것 같기도 하고 뭐 별로 없을 듯한 느낌도 든다. 남들이 갖춘 부분들을 모두 상쇄하고 남는 그 무엇, 그것만을 말하라고 한다면 나보다 김치를 잘 담그고 밥을 잘하고 빨래를 잘 손질하는 사람이야 셀 수도 없을 터이니 살림 솜씨 운운하는 것은 괜한 웃음이나 살 일이다. 그런 부분들을 접어두자 그럼 무엇으로 내 부가가치를 매겨야 하는 걸까.

남다른 감성의 글을 쓴다? 풋! 웃음이 먼저 나오는 걸 보면 그건 나 자신부터 인정을 못하겠으니 말이 안 되는 소리고, 무엇이 나를 나로 있게 하는가. 나는 누구인가, 아니 나는 무엇인가, 사춘기적에 끌어안고 끙끙대던 명제를 다시 꺼내서 먼지를 털고 뒤집어보는 것도 더러는 필요한 일이다. 하여튼 무엇인가 나를 내세울 무언가가 필요한 때다. 남과 다른 긍정적인 어떤 부분이 내게 반드시 존재하리라는 믿음이 있기는 한데 그게 뭐냐고 묻는다면 얼른 내밀 건더기가 없다는 게 문제다.

시도 때도 없이 서늘해지고 그러다가 곧 시려서 먹먹해지는 가슴? 사는 일을 지리멸렬로 이끄는 마음 안의 주눅? 그 주눅을 떨치고자 부단히 노력해보는, 그래서 늘 지쳐 있는 정신 상태? 아, 또 있다. 이 굳건한 심술, 자신을 향하여 끊임없이 이죽거려 스스로 생채기를 내며 그 여력으로 살아 숨 쉬는 일을 돕는 가시, 나를 향해 겨누어진 그 가시 덕에 늘 쓰려하며 가는 걸음은 누구랑 비길 부분이 아닐 듯

하다.

겉으로 내밀 게 없는 데도 나는 내 부가가치가 높다고 자신에게 말한다. 경제논리로 따진다면 글쎄 그럴까 싶기도 하지만 하여튼 나는 그런 보이는 가치 이상의 가치를 지녔다고 스스로 믿는다. 믿으려고 노력한다. 내가 자신에게 부여하는 가치-남다른 그 무엇이어야 하겠는데, 다른 이들이 지닌 부분들을 전부 제하고 남는 부분이 뭐가 또 있겠는가 따져본다. 몇 센티의 키와 몇 킬로그램의 몸무게와 비실거리면서도 아직은 가사노동을 겨우 꾸릴 정도는 되는 건강 상태와—언어화될 수 있는 그런 것 말고 그 모든 것을 포괄하는 유일한 나를 설명해 낼 기호를 찾는다는 게 가능한 일이 아니라는 걸 알면서도 여전히 헛짓이다. 좋은 쪽의 이름을 뒤적거리지 말고, 남보다 못한 구석을 헤아려 보면 어떨까? 그거라면 숨 쉴 겨를 없이 수다맨처럼 주워섬길 자신이 있다.

이것도 남만 못하고 저것도 그렇고, 겉으로 뵈는 부분이 그럴진대 정신 속에 옴나위 못하게 들어찬 것들까지 친다면 나는 얼마나 형편없는 결핍 덩어리인가. 헤아려 따질 것도 없이 딱한 노릇이다. 그렇지만 나는 적어도 현재진행형. 누가 내게 대표작을 골라내라는 말을 하면 화를 내는 이유다. 나는 가능성인데, 지금 종결형 답을 하라면 내가 죽었냐고 항의한다. 그러고 보면 내 가치는 그런 무엇인지 모르겠다. 미래에 사는 일, 어제의 속성은 지녔으되 점점 나아지는 내일을 살려고 노력하는 사람이 마땅히 부여받아야 할 값 말이다. 그런 억지스러움이 내 삶을 현재진행형으로 만드는 걸 게다. 내 가치는 누가 뭐래도 미래에 있다.

이런 정리가 안 되는 억지 생각들을 흘린 콩과 함께 줍는 일은 그럭저럭 참을만하다. 그러다 보니 까만 콩알들은 영락없는 마침표다. 무엇을 마치고 무엇을 마무리했다고 바가지에 와글대는 게 마침표뿐인가.

내 생애에 종결부호가 찍힌 뒤에 누가 토를 달아준다면 좋겠다. 엉터리 같고 허술하지만 그 지리멸렬의 길목마다 뭔가 해보려고 노력을 하며 살았던 흔적이나마 남을 수 있다면 자신에게 매긴 가치가 매우 높은 사람이 그 아니랴. 그럴 수 있다면 그 또한 봐줄만한 게 그 생이 아니랴. 이제는 삶의 한 단락마다 하나씩 검정콩을 내려놓으리라. 이것도 저것도 못되는 두루뭉수리 짓을 그만두고 한 문장씩 완결하려고 공을 들이다보면 이 고래심줄같이 따라붙는 지리멸렬도 조금은 정리되지 않겠는가, 그러고 보면 오늘은 내가 하던 일 중에 그중 부가가치 높은 일을 하고 있는 푼수다. 어느새 바가지에 그득한 마침표. 낙엽 밑에 숨은 콩알 하나가 태산만하다.

겟국지 담그기

"누가 먹넌다구 그런 걸 담는다냐?"

전날 먹던 그 맛이 생각나서 겟국지 담그는 비법을 물었더니 만사가 다 귀찮으신가, 팔순 어머니는 한 마디로 잘라내신다.

겟국지는 김장을 하고 나서 뒷자리에 어질러진 허드레 재료들을 한데 모아 설렁설렁 아무렇게나 버무리는 찌개거리 김치다. 충청도 서쪽 서산이나 태안 지방에서 자란 사람이라면 어린 날 먹던 겟국지에 대한 입맛의 향수를 대부분 간직하고 있을 텐데 사람들의 입에서 겟국지라는 이름이 나오면 무어라 형용키 어려운 깊이 삭은 냄새를 물큰 느끼게 된다.

어느 집 며느리가 아이 서느라고 입덧을 유난스럽게 해서 식구들이 총동원되다시피 입맛에 맞음직한 음식 찾아내기에 정신이 없었는데, 그 새댁이 원하는 음식이 그 가족들은 어디서 듣도 보도 못한 겟국지였다던가. 백화점이란 백화점은 다 뒤져봐도 그런 걸 안다는 사람조차 만나지 못하고, 백방으로 찾아도 새댁을 살려낼 명약이 될지도 모르는 그 이름 겟국지는 찾을 길이 없어 식음을 전폐하다시피 점점 심해가는 입덧으로 늘어진 며느리를 지켜보다 못한 그 시아버지, 그녀가 자란 고향 서산으로 찾아 내려갔다고 한다.

친정 식구가 어디 남아 있다면 그곳에 연락을 했을 일이지만 변변한 일가붙이 하나 없는 처지이니, 고향이래야 아는 이가 있을 리 없는 사정인데 길가는 사람들을 잡고 겟국지를 아는가 묻고 다니는 그 시아버지의 극진한 며느리 사랑이 어딘가에 닿아 감동을 하였음일까. 그 게꾹지를 옳게 아는 사람이 나타났다. 갯것을 해오던 어떤 할머니를 만난 것인데, 사정이야기를 듣고는 자기네가 먹던 걸 조금 덜어주더라는 것이다. 그런데 그 시아버지, 검은 비닐봉지 속의 겟국지라는 걸 들여다볼수록 참 한심한 음식인지라 자기네 며늘애기가 가여워 콧마루가 찡했었다는 뒷얘기를 들은 적이 있다.

겟국지, 얼핏 음식 같지도 않은 그 허접한 것이 무에 그리 먹고 싶었을까 모를 게 입맛의 변덕일까. 게를 담가먹고 남은 간장찌꺼기와 젓갈 따위로 무청이며 늙은 호박이며 배추도 푸르딩딩한 것들을 모아 절여서 고추마저 제대로 빨갛게 익은 것보다는 뽑아버린 고춧대에 붙어 있는 허접쓰레기 풋고추를 되는 대로 찧어 넣고 버무린 것, 그러니 냄새 또한 어느 한 이름을 붙이기 묘하게 찝찔 쿰쿰한데,

어려서 그 맛에 길들여진 사람이 아니라면 어느 밥상머리서 만나더라도 반가울 까닭이 없는 반찬이다.

부족한 식량 대신이었는지 내 기억 속의 겟국지는 무척 짠맛이었다. 그걸 먹고 나면 물을 마냥 들이켜야 하는데 그날의 맛을 고대로 재현해 내놓는다면 그걸 먹을 사람은 아마 없을 것이다. 요즘은 입맛의 변화에 맞춰 간도 약하게 하고 맛을 낼 수 있는 재료들이 듬뿍 들어간 개량된 겟국지를 맛볼 수 있는 곳이 많다. 서산이나 태안 한식식당에 가면 대개는 빠지지 않고 나오는데, 노란 배추에 빨간 고추를 써서 우선 눈으로 봐도 이건 겟국지라고 부르긴 좀 과분한 느낌이 든다. 많이 고급스러워진 겟국지랄까. 하기야 요즘 게를 담가먹고 버릴 간장이 어디 있으며, 있다 치더라도 누가 그런 걸로 버무린 반찬에 손을 댈까. 맛도 세월 따라 세태 따라 변하고 개선되어 새로 만들어지는 건데, 시류 따라 형성되던 그 맛의 흐름이 지금은 어느 지방이라고 다를 것 없이 비슷비슷해지는 것 같다.

가공식품에 입맛이 길들여져서 네 집 내 집 없이 비스름한 음식맛, 몰개성이 된 게 어디 음식뿐이랴 싶으면서도 가장 두드러지게 재빨리 보편성을 띠는 것, 별 저항을 받지 않고 변하는 것 중 하나가 음식문화인 것 같다.

요즘은 집에서 김장하는 가정도 드물어서 김치를 주문해서 먹는 형편이니, 우리 지방 사람들이 추억 속에서 꺼내다가 즐겨먹는 겟국지처럼 촌스런 음식이 새로 탄생하여 살아남을 환경은 아니지 싶은데 집집마다 조금씩 달랐을 그 겟국지 맛, 뭔가 더 끄집어낼 것이 들어있음직한 느낌이 남는다.

오늘은 맛의 기억을 더듬어 우리 '엄마표 겟국지'를 되살려 보고 싶은데 어머니는 협조할 뜻이 없으신 것 같고, 내 혀의 감각만 믿고 더듬어내는 일이 가능할지 모르겠다.

내 마음의 밑그림

밤 열한 시가 넘었다. 즐겨보던 수목드라마도 끝나고 TV도 더 볼 게 없는데 리모컨을 들고 여기저기 돌려본다. 관심을 끌 아무것도 없다.

그도 꺼버리고 거실에 그대로 앉아 있다. 움직이기 싫다. 이제껏 재미있게 보던 드라마가 종영되면서 주인공이 잘되어 끝을 맺은 게 아니어서 그 잔상이 남은 탓일까. 사람 사는 게 뭐 이리 쓸쓸한 노릇이냐 혼잣소릴 해보다가, 알맞게 데워진 실내 온도를 죄스러워하며 난방을 끈다. 유례없는 혹한이라고 예서제서 떠들어쌓지만 아파트란 주거형태는 어느 한집이 난방을 끈다고 해도 얼어죽을 온도까지는 안 내려간다. '얼어죽을'이란 말에 또 다시 걸린다. 어제 지하철역에서 노숙하던 사람이 얼어죽었다는 뉴스를 봐서 그럴 터이다.

방이 세 개, 거실까지 빼곡하게 칼잠을 잔다면 몇 십 명이나 재울 수 있을까. 휑한 공간에 혼자 앉아 궁리가 많다. 몸을 움직여 실천을 할만한 게 없으면서도 생각에 생각을 쌓다보면 결국은 자기반성의 자리로 회귀하는 궁리.

창으로 달이 들여다보고 있다. 밤도 깊어 하현달이 저만큼 왔구나. 부드럽고 연한 빛이 흐느끼듯 너울거려 자러 들어갈 맘을 접고 있는 것이었을까? 달빛에 치렁치렁 감긴 우수, 우수라는 말에 처연한 어떤 느낌들이 끌려 나온다. 뭐가 가슴 바닥에 출렁거리며 흐른다. 이게 뭘까, 명료하게 잡아 끌어낼 방법이 없는 심상, 창호문에 댓잎그림자 흔들리듯 움직이는 마음을 멀거니 들여다본다. 서러움일 듯 그리움일 듯 소용돌이치다가 흐르다가 마음을 적셔놓는다.

어려서부터 틈만 나면 그랬다. 이름도 붙일 길 없는 응어리가 명치끝을 치받는 것, 어디에 댈 데 없어 서성거리는 마음으로 여럿이 있어도 못 견디고 혼자도 힘겨운 것, 가을 댓잎을 쓸고 가는 바람 같은, 황량한 지평선에 홀로 선 것 같은 고요한 소용돌이 같아 형상을 지을 수 없는 감정, 그리움일까. 무엇을 향한 그리움이길래 기억의 시초 저 너머에서부터 끌고 온 듯 나를 놔주지 않는 것일까. 농사일에 지친 하루가 지나고 잠자리에 들거나 이리저리 마음이 상하여 추스르는 경황중이거나 아무 때다 출몰하여 마음에 불다 가는 바람 같은 것, 이승에 와서 만난 어떤 경험이나 기억에서 출발하는 게 아니라고 아마도 전생 어디쯤에서 내가 살아낸 생이 자아낸 감정일 거라고 단정하는 건 어려서부터 그랬던 까닭이다.

어린아이가 어느 결에 쓸쓸을 배우고 황량을 터득해 시

간이 정지하는 느낌처럼 까무룩 가라앉는 지경에 들어 순전한 멀거니로 존재할 수 있다는 말이냐. 이제야 그런 까무룩의 시간을 그리움이라 명명해 보는 것이다.

그날도 저무는 콩밭에서 됫박을 들고 다니며 흘린 콩을 줍고 있었다. 익은 콩가지를 거둬 모아놨다가 동으로 묶어 마당으로 옮긴 뒤 콩가지를 추스른 자리마다 나뒹구는 콩을 줍는 일은 어린아이들 몫인데, 어른들은 힘 드는 일들을 하느라고 바쁘고 나 혼자 콩알을 찾아다니며 주워 담는다. 순한 짐승의 눈알 같은 콩, 한 알 한 알 손가락 끝으로 집어 올려 한번 들여다보고 됫박에 담는다. 어쩌다 눈을 들면 서쪽 하늘로는 온통 휘황한 석양, 가만히 보고 있으면 조금씩 빛의 농도가 묽어지는데 더 보고 있으면 빛에서 색이 사라지고 갑자기 온도가 내려간다. 추워지는 것이다.

정신을 차리면 온도만 내린 게 아니라 사위에 내리는 어스름, 무엇에 묶인 것처럼 몸이 경직되어서 멀거니 서 있다. 그때부터였나보다. 명치끝으로 복받쳐 오르는 것, 울음도 아닌 것이 꺽꺽 막혀 숨쉬기 어렵게 치받고 올라오는 것, 세상에 혼자라는 두려운 자각이었을 듯도 한 그런 감정에 켜켜이 묶였다. 조촘조촘 어둠발이 듣는 걸 눈으로만, 눈만 살아서 바라보며 아무 노릇도 못하고 나도 한 점 어둠으로 박혀 완고하게 굳고 있는 중이었다. 지금 생각하여 그 치받고 올라오는 게 그리움이 아니었을까, 하지만 내가 모르는 어떤 병증은 아니었을까. 의심도 드는 것이다.

겨우 콩을 주어 담을 정도의 노동력밖에 안 되는 아이가 하는 생각이란 게 뭐가 그리 곰삭아 그리움을 알고 외로움을 알고 쓸쓸을 알아서 뻐저려 하여 집에 들어갈 염을 놓치고 어둠에 굳어 몸을 빼낼 방법을 놓치고 으앙! 울음이라도 터트려 누구에게 도움을 청해야 한다는 생각조차 놓쳤던 것일까.

젊은 아버지가 돌아가시고 사실 집에는 살갑게 나를 데리러 나올 사람이 없긴 하였다. 별스럽지 않은 들일에도 짜증을 달고 사는 엄마는 물론이고 언니나 동생들이 뭘 알아서 누굴 챙길 여유가 있었을 것인가.

그런 동작 그만! 주문에 걸린 듯 꼼짝 못하는 증세는 심심하면 나를 덮쳐 엄마한데 억울하게 혼나고 굴뚝 뒤로 쫓겨났을 때나 무서운 언니를 피해 사과나무 뒤에 숨었을 때, 한여름 낮잠에서 깨었을 때, 날빛이 밝다 못해 무섬증이 들 때면 어김없이 나는 얼음땡 놀이를 하듯 모든 행동을 접고 동작그만에 들어가는 것이다.

할아버지가 돌아가시고 위방에 놓인 궤연을 치우기도 전에 아버지가 돌아가시고 또 외할머니가 돌아가셨는데, 몇 년 새 나를 감싸던 보호막 같이 따뜻하던 이들이 그렇게 떠나버리고 가시만 앙상할 듯 닿는 접점마다 찌르기만 하는 엄마나 언니가 여럿인 듯, 이리 비키면 거기 있고 저리 숨으면 거기 나타나 숨 쉴 곳이 없을 만큼 들들 볶이는 기분으로 하루씩 살아 넘기는 어려운 와중에 들었다. 작은 뭐

하나라도 잘했다 칭찬은 그만두고 그랬냐 인정이라도 받고 싶지만 우리 집에서 그런 걸 기대하는 일은 당치않은 일, 그러니 질책이나 피하는 게 상책이어서 숨소리 안 나게 숨어 숨을 곳을 찾아들면 무념무상의 상태, 그 멀거니가 되는 것, 대상이 무언지도 모르면서 죽을 듯이 그리워하다 빠져버리는 늪 같은 상태를 불러오는 것이다.

뭐가 어째서 어떻다는 설명이 안 되는 그런 일련의 버릇들은 내 삶에 쓸쓸이나 황량 따위가 번식할 토양을 만들고 마음에 병을 키우게 하는 것일 터, 여기 이승에 살러 와서 만들어진 것들이 아닌 선험적인 것이라면 내 마음 바탕에 그려진 밑그림이 더 궁금해진다.

잠을 설치고 이렇게 앉아서 날을 밝힌다면 내일은 또 두통을 벌어논 셈인데, 그 지긋지긋한 통증을 생각하니 안 되겠다. 안 오는 잠을 오랜 친구처럼 다정하게 불러 데려와야 할 시간이다.

쑥꽃을 아시나요

"쑥꽃을 아세요?" 마른 풀잎들 서걱거리는 논두렁길을 걷던 사람이 불쑥 돌아보며 물었다.

이제껏 들풀 속에서 그것들과 동고동락하였다 자처하는 내게 내밀어진 '쑥꽃'이란 단어 속에는 느닷없다는 말보다 기습을 당했다는 기분에 더 가까울 만큼 당황스러운 무엇이 있다.

쑥에도 꽃이 피던가? 마음속에서 무언가가 허둥지둥 얼크러지면서 물음표 하나가 고개를 든다. 글쎄, 갸웃해보지만 내 기억 속에는 쑥꽃이란 게 저장되어 있지 않으니 그렇다면 적어도 쑥꽃이란 없는 꽃이다. 늘 푸르딩딩 충충한 푸름으로 길가에 나앉은 천덕꾸러기, 그 쑥에 꽃이라니, 어느 겨를에 꽃이 피기는 피는 걸까.

스스로 생각해도 어이없어 웃는다. 세상에 꽃이 피지 않는 게 있으랴. 이름에 무화과라고 누명이 덧씌워진 나무가 있긴 하지만 그 열매를 갈라보면 그 자체가 꽃인 것을 누구라도 금방 알 수 있다. 오물오물 안으로 오므린 꽃술이 내

숭스럽게 속으로 숨어 열매처럼 보일 뿐 틀림없는 꽃인 것이다.

겨울만 빼고 가락골 논두렁길에는 언제나 꽃들이 핀다. 꽃다지며 제비꽃을 시작으로 솜양지, 쇠별꽃, 황새냉이가 지고 나면 뽀리뱅이, 지칭개, 엉겅퀴, 민들레들이 얼굴을 내민다. 솜방망이, 꿀풀, 반디지치, 쥐손이풀, 갈퀴덩굴…, 책에 적힌 개화시기와 상관없이 불쑥 얼굴을 내미는 숱한 풀꽃 친구들을 보며 걸어 들어오노라면 맨날 다니는 길인데도 늘 다르다는 생각이 든다. 뭐랄까, 내가 눈치 채나 보려고 누가 조금씩 움직여 놓은 듯한 느낌, 그 움직여 놓은 게 무엇인지는 모르지만 그래 꼭 요거다 집어낼 수는 없어도 뭔가 밀려나고 대신 들어선 느낌 같은 것, 날마다 자라나는 풀, 날마다 조금씩 꽃이란 정점을 향하여 길을 구성하는 모든 것들이 그렇게 바시대고 있는 걸까. 술래가 안 보는 사이 한 발짝씩 냉큼 다가와 시침을 떼는 얼음땡 놀이하듯, 어두운 길 가운데 서서 뭐지? 뚫어져라 노려보지만 누가 움직였는지 찾아내는 일은 쉽지 않다.

봄꽃들이 대개 난쟁이처럼 키가 작은데 비해 여름을 지나온 가을 풀들은 키가 껑충하여 허리를 굽히거나 발걸음을 멈추지 않고 길가 어디에 손을 내밀어도 풀꽃이 만져진다. 손가락 사이로 훑어지는 것, 아무 것도 안 보이는 그믐께면 손을 코에 대어보며 이름 맞추기를 하며 걷는다. 금방 누구를 만졌는지 알게 하는 그 이름의 체취가 손끝에 남아 있는 것이다. 아하 암고초, 이건 마르지 않고도 마른 풀 냄새가 난다. 비수리, 이건 아주 여린 풋비린내가 나는데 뭐라고 달리 부를 수 없는 다만 비수리 냄새라고 밖에는 이름 짓지 못할 체취, 쌉쌀한 냄새가 묻어 있으면 망초, 향긋한 곽향, 홍약국네 집 앞이라면 박하 향이 남을 수도 있고 백지 잎을 스쳐 짙은 냄새가 손에 남기도 한다. 그중 강한 향 때문에 손을 옷에 문지르지 않으면 다른 이름을 알아맞추기 어렵게 만드는 게 코스모스와 쑥인데, 소녀 취향의 이미지가 많이 묻어나는 게 코스모스라면 머릿속까지 개운하면서도 스스럼없이 가까운 건 단연 쑥 냄새다. 그냥 손등으로만 스쳐도 그것들의 몸 냄새는 내 안으로 들어와 나름의 느낌으로 자신을 이해시킨다.

김 권사님네 집 가까이 오면 후박나무에서 나는 냄새, 초여름 부들을 뽑았을 때 물밑에 잠겼던 흰 부분이 겉껍질에서 뽑혀 나오면서 내는 냄새와 쌍둥이 냄새다. 몇 발짝 더 지나면 삼용이네 외양간이 가까워지므로 풋거름 냄새가 기분 좋게 푸근하다.

쑥꽃은 냄새도 쑥잎과 별로 다르지 않은데, 꽃 쪽이 잎새보다 좀 달큰한 듯 옅은 정도랄까. 꽃이라 부르기 저어되게 몽글몽글 좁쌀알 같은 보잘 것 없는 모양새여서 내게 박혀 있는 꽃이란 고정 틀을 깨부수지 않는 한은 누가 또 쑥꽃을 묻는다면 다시 막막한 느낌부터 챙기리라. 쑥꽃, 잎이나 꽃이나 비스름하여 꽃으로 기억조차 안 되는 풀꽃, 그러나 사람멀미 차멀미를 추스르며 걸어오는 가락골 논두렁길에서 쑥꽃을 훑어 코에 대면 머릿속 한편으로 훤하게 맑아지면서 멀미가 가신다. 어느 약이 그리 속하게 효험을 낼까. 즉각적인 효과다.

그러고 보니 내 별명도 쑥이었지. 어벙한 짓을 할 적마다 쑥 같다고 핀잔하는 이웃들의 어감에 묻어나는 냄새가 참 쑥다워서 좋은 이름인데, 나는 점점 그 이름에서 멀어지고 있다는 자각이 아플 때가 있다. 쑥다움마저 가신다면 내게 남는 것은 무얼까. 들풀에 대해서 아는 척하다가 무안을 당했던 쑥꽃 얘기는 벌써 오래 전에 있었던 일인데도 어두운 논두렁길에서 손끝에 쑥 냄새가 남을 때마다 잊어먹지도 않고 잘도 떠오른다.

주변을 눈여겨보면 성실하게 살아낸 결과물로 참한 꽃 한 송이씩 피워 올리고 있는 사람들을 본다. 색깔이 비록 화사하지 못하다 해도, 향기가 진동하지 않더라도 꽃은 칭찬받아 마땅한 지고선(至高善)인데 무딘 내 눈과 게으른 주의력으로 꽃인 줄도 모르고 지나친 것들이 오죽이나 많을까. 멀리 갈 것도 없이 살아온 길, 걸음걸음이 지리멸렬뿐이라고 타박했던 내 삶 어느 갈피에서 피었다 스러진 꽃 비스름한 무엇은 없었을까.

너무 지천인 탓에 야생화 사전에도 올라있지 않을 정도로 줄 밖에 세워진 쑥꽃, 이제 꽃이 피었던 흔적도 남지 않은 마른 쑥대는 진눈깨비 내리는 어둠 속에 서서 그 짙은 냄새 안에 수치심 같은, 자책 같은 미묘한 정감을 싸안고 내가 지나가길 기다리고 있으리라.

2부 | 고구마 캐기

고구마 캐기

곧 서리가 내릴 듯, 해가 지면 제법 싸늘한 기온이다. 기온이 내려가기 시작하고 일이 몰리는 농번기, 서리를 맞으면 안 되는 것부터 먼저 거둬들여야겠다. 고구마도 추위에 약해서 낭패를 잘 보는 것 중의 하나다.

오늘은 산밭의 고구마를 캐기로 하였다. 고구마를 캐자면 먼저 무성하게 뒤덮은 고구마 줄기를 걷어내는 일을 해야 한다. 과일 껍질 벗기듯 지면을 덮은 덩굴 잎을 낫으로 잘라 잡아당겨 끌어내는 건 아무나 조심할 일 없이 하면 되므로 대개 애들 차지인데, 오늘은 애들이 학교에서 늦게 돌아올 모양이다.

낫으로 지면 줄기를 척척 쳐내면서 덩굴 뭉치를 밭둑으로 끌어내는 일은 조심할 것이 없는 대신 힘을 써야 하므로 이내 지치게 된다. 힘이 들어서도 그렇지만 흙이 툭툭 터진 두둑을 보면 덩굴을 걷어내는 일보다는 호미로 고구마를 캐는 일을 하고 싶다. 어차피 어느 일이건 모두 혼자 해야 할 몫이므로 오늘은 마음 내키는 대로 해야겠다. 덩굴을 두어 골만 걷어내고 고랑에 앉아 고구마를 캐기 시작한다.

어디를 파도 불그죽죽 먹음직스럽고 대글대글한 고구마가 지천으로 나온다. 여름에 줄기를 한 뼘씩 잘라 땅에 꽂았을 뿐인데, 어디에서 이런 굉장한 선물이 굴러들어와 땅속에 숨어 있는가. 신기해라! 아무리 감탄해도 해마다 다시 감탄하게 된다.

호미질을 하는 대로 툭툭 튀어나오는 고구마. 그 이쁜 모습을 바라보다가 "자기 복제능력!" 나도 모르게 말해 본 낱말에서 섬뜩한 느낌을 받는다. 어쩌면 이렇게 똑같이 제 본래의 모습으로 다시 살아나는 것일까. 해마다 거르지도 않고 해마다 다르지도 않게 다시 태어나는 고구마의 후손. 전혀 닮지 않은 줄기를 조금 잘라 땅에 심었을 뿐인데, 어찌 뿌리 내리는 식을 알고 어찌 저의 전생이 고구마인 줄을 알아서 다시 고구마로 환생하는 것일까. 캔 고구마들을 한 군데로 모으면서 틀림없는 동종의 집합을 보며 그 종족 보존의 질서에 전율을 느낀다.

그런 자기 복제 능력의 이치가 해석되지 않고 과학으로 아무 것도 증명해내지 못했던 세월을 산다면 얼마나 더 좋았겠냐는 생각이 든다. 이 세상만물이 그 얼마나 경이롭겠는가. 모든 현상들이 신의 손길로만 이루어지는 자비의 산물임을 오직 믿으며 산다면 우리네 삶이 얼마나 간단명료하고 선명한 빛깔로 가득하랴.

그런 신비한 느낌에 싸일 때마다 내 전신은 뭐였을까?

궁금해지곤 하는데…. 기독을 신앙한다는 사람 마음에서 일고 잦는 것들치고는 좀 아퀴가 안 맞는 생각일지 모르지만, 내 바탕을 이루어 면면이 내려온 그 근본(根本)은 뭐였을까. 여전히 부정이 안 되는 뭐가 있다.

내가 고구마라면 뜨거운 여름날 가혹한 열기 속에서 타죽지 않고 살아남을 수 있었을까? 이 땅에 뿌리내려 누대로 내려갈 자양의 뿌리줄기가 이리 굵어지도록 저축할 수 있었을까? 가뭄이 든다고, 비가 너무 온다고, 바람이 심하다고, 복더위에 삶아지겠다고 넌출을 늘어뜨리고 엄살을 하느라고 정작 가을날엔 튼실한 알뿌리 하나 내놓을 수 없는 가여운 모습이 내 것은 아니었을까.

내 노력의 산물이거니, 알이 굵은 고구마가 호미 끝에 달려 나올 적마다 환호하던 마음이 멋쩍어진다. 그렇게 생각이 바뀌고 슬금슬금 일을 하자니 어쩐지 힘이 드는 느낌이다. 단순한 느낌 그대로 생각의 골을 너무 깊이 파지 말고 사는 일은 중요한데 아침나절의 그 신나는 마음은 어디로 숨었나. 그걸 다시 찾아와야 할 텐데 가뭇이 없다.

산 그림자가 반쯤 먹어 들어온 밭 가운데 앉아서 턱없이 길어진 내 그림자를 본다.

우리 모녀의 사랑법

어머니가 오셨다.

버스로 두어 시간이 채 못 되는 거리에 친정집이 있어도 가까운 거리만큼 자주 찾아뵙지 못하고 살아오면서 마음으로 부담이 되니 이리저리 핑계만 느는데, 내가 어머니를 찾아뵙는 횟수보다 어머니가 우리 집에 오시는 일이 더 잦다.

오늘도 어머니는 올망졸망 보따리를 이고 들고 새벽같이 오셨다. 청처짐하게 늘어진 꼴을 못 견디는 성격 그대로 일찍 오셨다가 한 끼 밥상을 받는 둥 마는 둥 또 서둘러 떠나신다. 쫓기듯 급한 행보가 속이 상해서 핀잔도 해보지만 괄괄하신 성격은 타고난 거라 바뀔 수 없는 건가보다고, 이제는 그러려니 접고 만다.

어머니는 집에 닿는 대뜸 대문 앞에서부터 큰 소리로 꾸짖기부터 하신다. 누가 밖에서 들으면 싸움이라도 난 줄 알 만큼 잘못하는 일을 지적하시는데, 특히나 밭귀퉁이에 풀이 돋는 꼴을 못 참으셔서 당신이 직접 호미를 찾아 들고 밭으로 나간 일도 여러 번 있었다.

태풍을 몰고 다니듯, 어머니가 계신 주변은 늘 거센 소용돌이가 인다. 그 힘의 바탕이 무엇인지 잘 모르겠지만 그건 우리 어머니의 특성인데 오늘은 아무래도 어머니의 거동이 전 같지 않다. 소리 없이 들어오셔서 이고 온 보따리를 마루에 쿵! 내려놓으며 한숨을 몰아쉬는 일부터 하신다. 지난 겨울에 모진 감기앓이를 하신 뒤부터 큰 소리로 누굴 꾸짖는 일이 없어지고 대신 망연히 앉아 있는 어머니 모습을 자주 보게 된다.

늦은 아침을 몇 수저 뜨는 둥 마는 둥 서둘러 일어나신 것은 전과 다름없는데 솔모루 고개로 차를 타러 나가시는 발걸음이 왠지 더뎌 보인다. 자꾸만 우리 집을 되돌아보는 모습도 그렇고, 어머니의 뒷모습에서 전에 보지 못하던 쓸쓸함 같은 걸 읽으면서 더 서있지 못하고 집으로 들어온다. 버스길까지 배웅을 나가고 싶어도 일 축난다고 한사코 못 나오게 야단치시는 성미를 잘 알므로 이젠 아예 배웅할 생각조차 안 하는 게 인사법으로 굳어버렸다.

한참을 기다려도 파도리로 들어간 버스가 나올 생각을 않는다. 추운 바람을 맞으며 혼자 서 계실 어머니가 마음에 걸려 안절부절못하다가 야단맞을 각오를 하고 솔모루로 나섰다.

양지바른 길가에 쪼그리고 앉은 어머니, 누가 소리라도 친다면 호르르 바스라질 듯 위태해 보이는 어머니, 좇아 나온 나를 보고도 야단칠 생각을 안 하고 오히려 반가운 기색이시다. 파도리 가는 차가 있으면 들어가자고 거기 바다를 보고 싶다는 어머니, 팔순의 안노인과 바다! 그게 다른 사람의 얘기라면 전혀 이상할 일이 아닐지 몰라도 우리 어머니에게서 나온 말이라는 사실이 믿기지 않아 한동안 대꾸를 못할 만큼 어리둥절했다. 생활에 실용으로 닿지 않는 모든 행위를 용납지 않는 성미이신데, 더군다나 감정의 사치 따위에게 곁을 주는 법이 없는 어머니이신데 무엇이 저분의 심경을 저리 뒤흔들어 바꾸고 있나.

한적하고 조용한 걸 좋아하는 딸들과는 반대로 우리 어머니는 늘 주변이 왁자지껄 부산하다. 그게 어디든 어머니가 계신 곳은 금방 표가 날 만큼 사람이 들끓는다. 마실꾼이 끊이지 않는 시끄러운 집안이 우리 자매들은 늘 불만이어서 속으로 불평도 많이 했다. 지금도 친정집은 쉼터라거나 편안한 자리로 생각되기보다 부산스럽고, 어수선하고, 고달픈 곳으로 기억되어 떠오른다. 어머니의 주변은 늘 따르는 사람들로 둘려 있는데, 그건 요즘 애들 말대로 카리스마가 높은 까닭일까 아니면 타고난 사람과의 친화성일까 모르겠다. 그런데 그런 분의 외로움이라니, 생각할 겨를도 없이 섬뜩한 느낌부터 와 닿는다.

어머니는 얘기를 잘하신다. 그렇다고 곰살궂게 다정한 옛날 얘기를 하는 것은 아니고 일상 통용되는 어투가 설득력이 남다르달까. 거침없이 바른 말을 해도 사람들은 고까워하거나 배척하지 않고 어머니의 얘기를 받아들인다. 달리 교육을 받았거나 독서를 한다거나 지식을 쌓을 정규교

육 통로를 거친 적이 없는 시골 노인네의 입장으로 이상하다 싶을 정도로 지적인 수준이 높다.

그러고 보면 나는 어머니를 닮은 구석이 전혀 없다. 사람들 앞에 나서면 주눅부터 들어서 말을 못하고 쩔쩔매는 숫기 없는 거나, 사람들이 와글대는 걸 질색하는 거나 어머니와는 반대편에 선 게 내 모습인데, 기억에는 없지만 사색형 성격에 과묵하셨다는 아버지를 많이 닮은 게 우리 자매들인 것 같다.

어머니의 활달한 성격과 거침없는 행동 때문에 낭패감에 시달렸던 어린 날엔 어떤 일이 있어도 엄마는 닮지 않으리라 했다. 경우에 어그러지면 그게 누구건 장소가 어디건 닦아세우는 성미의 어머니. 검정 물들인 군복 윗도리를 입은 어머니가 교실 창밖으로 보이면 숨을 멈출 지경으로 절망했다. 회초리를 든다거나 체벌을 가하지 않는 대신 말이 지독하셨던 어머니, 다른 애들 엄마처럼 상스런 욕을 입에 담지 않으면서도 가슴에 콕콕 박혀 멍으로 자국을 남게 하던 어머니. 지금 생각하면 그런 게 뭐 그리 가슴에 멍으로 가라앉았을까 모르겠는데, 하여튼 그분은 애들을 설설 기게 만드는 무서운 말의 회초리를 갖고 계셨다.

사람들은 우리 어머니를 여장부라고 했다. 여자로 태어난 게 아까운 사람이라는 말을 들을 적마다 그 소리가 왜 그리도 듣기 싫었던지, 다른 엄마들처럼 목소리 사분사분하고 다정한 엄마를 목말라 하며 살았다. 애정 표현이 거칠고 서툴렀던 게 사실이긴 하지만 이제 생각하면 어릴 적 내가 엄마를 평가한 점수는 너무 박했던 모양이다. 억세고 거친 남정네들 틈바구니에서 물꼬싸움을 하며, 일 겨룸을 하며 농사를 짓던 세월을 그런 활달한 성격이 아니고 내가 원하는 여자답고 조용한 분위기의 어머니였다면 어떻게 살아냈을까. 모르면 몰라도 아이들을 꿋꿋이 길러내고 가족의 울타리가 되어 지키는 일이 가능하지 않았을지도 모르겠다.

어머니는 저녁밥 짓는 연기가 한가로운 동네에 들어서면 괜히 눈물이 난다고 하신다. 모진 역사의 격동기를 모두 겪으며 그 험한 일들을 부딪혀 살아낸 세월인데 우리 어머니라고 그 세월의 한이 앙금지지 않았으랴. 삶의 일선에서 가족을 이끌고 가던 고달픈 날엔 억울한 느낌 따위가 끼어들 겨를이 없다가 스스로의 노력이 아니라도 가정이 잘 꾸려지는 오늘에사 걸어온 길이 문득 보이고, 돌아보는 자리마다 허망하신 걸까. 우리 어머니가 저녁 연기를 바라볼 때 차오르는 감정은 아마 억울함이 아닐는지 모르겠다. 생애를 다 바쳐서 섬겨 놓았더니 어떤 보상으로 돌아오기는커녕 배척만 되돌리는 세태에 대한 억울함.

야단치고 저항하고, 언제나 서로 원하는 위치에 있지 않았던 우리 어머니와 나의 그런 저런 모습들이 우리 모녀의 사랑법이었음을 뒤늦게 깨닫는다. 이제 내가 어머니께 해드릴 수 있는 게 뭘까? 어머니의 억울한 세월을 보상할 길이 어디 있는가? 쉬이 돌아 나오지 않는 태안행 버스를 기다리며 막막해 한다.

영이네 아주머니

고무함지에 점심을 차려 담아놓고는 또 걱정이다. 오늘 바심을 하는 대소산 밑 논은 멀어서 이고 갈 일이 아득한 때문이다. 펄펄 끓는 국을 퍼가도 미지근하게 식을 만큼 거리가 있다보니 머리에 이고 다니는 일에 자신이 없는 실력으로 저 무거운 걸 어쩌나.

"벌써 즘심 다했어?"

어디에 숨어서 내 맘을 읽고 있었던 듯. 영이네 아주머니의 반가운 목소리다. 밥함지를 덮은 보자기를 들쳐보자마자 내가 거들 새도 없이 거뜬히 들어서 머리에 이고 나서는 동작이 어찌나 날랜지 말리고 사양할 틈이 없다.

"아니, 저어- 숭늉도 안 넣었는데…."

벌써 대문 밖을 나서는 아주머니의 귀에 그런 작은 소리들이 들릴 리 만무다. 물이야 안 가져가도 논 근처에 즐비한 게 지하수 펌프들이니 별로 큰일은 아니므로 그냥 옳다구나 주저앉고 만다.

어렵고 힘든 일이 생기면 수호신처럼 알맞은 때에 나타

나서 몸을 사리지 않고 척척 해결해 주는 영이네 아주머니는 오늘도 내 수호신 노릇을 하려고 나타난 모양이다.

우리 아이들이 어렸을 땐 기저귀라든가 옷가지를 빠는 일이며 궂은일을 도맡다시피 하였다. 애들이 깨지락거리다 남긴 밥을 어미인 나도 먹기 힘드는데, 께름할 게 뭐 있냐고 달게 먹곤 하여 번번이 나를 감동시키는 건 물론이고 '이걸 어떡해' 발을 구를 일이 생기면 '이까짓게 뭐가 문제여!' 나를 밀치고 덤벼들어 걱정하던 사람이 멋쩍을 만큼 쉽사리 해결한다.

이십여 년을 넘게 이웃에 살면서 날마다 네 집 내 집이 없이 넘나들면서도 아주머니는 모를 구석이 많다. 맘속에 티끌 하나도 담아두는 일이 없을 듯 모든 걸 전부 입으로 말해버리는 성미인데, 모를 건 또 뭐냐 할지 모르지만 그게 그렇지 않다.

엊그제의 일이다. 밖이 시끄러워 내다보니 영이네 아주머니가 누렁이를 안고 돌아다니며 지나는 사람들에게 무언가 굉장히 흥분하여 설명하고 있었다.

"글쎄 이 불쌍한 게 집이라구 찾아들어 마루 밑에 쭈그리구 있잖유!"

누렁이. 아주머니가 그리 불쌍하다 눈물짓는 그 개는 며칠 전 아저씨 보약 만든다고 개소주집에 갖다 줬던 놈이다. 그게 어떻게 도망쳐서 읍내에서 여기까지 찾아온 것이다. 사십 리가 넘는 먼 길을 찾아온 것도 용하고, 저를 잡아먹겠다고 개소주집으로 보낸 주인을 그래도 주인이라고 돌아 온 것도 기특한 일이라며 연신 눈물을 훔치며 개를 안고 다니는 아주머니의 본심을 어떻게 해석해야 할지 잠시 혼란스러웠다.

아주머니는 동물들을 잘 돌본다. 손때가 좋다는 말을 들을 정도로 그의 손끝에선 가축들이 무럭무럭 잘 자란다. 아주머니가 짐승들을 사랑한다고 말하지 못하고 잘 돌본다는 표현을 쓰는 데는 나름의 이유가 있다. 집짐승들을 사랑한다면 그 고기를 먹을 수는 없을 것 같은데, 애지중지 길러서 아무 거리낌 없이 맛있게 먹는 속을 이해하려 해봐도 납득이 안 되는 때문이다. 정을 쏟아 기르는 일과 거리낌 없이 먹어 치우는 일 중에 어느 한쪽은 진심이 아닐 법한데, 어느 쪽이 그 쪽인지 구별이 안 간다.

돌아온 개를 안고 다니며 안쓰러워 눈물짓는 티없이 천진해 뵈는 아주머니의 얼굴을 보며 저 모습 어디에 '잡아먹을 것' 같은 지독함이 있는가. 아무래도 모르겠다.

아주머니가 가장 자주 쓰는 말은 모른다는 말이다. "난 멜치 볶을 중 물러! 김 구울 중 물러! 미역국 끓일 중 물러!" 이것도 몰라, 저것도 몰라, 그러면서도 음식솜씨가 구수하다.

송편이나 만두 빚는 법, 약식, 약과 같은 우리 음식 만드는 식이며, 찹쌀떡이나 호떡 따위 군입정꺼리 장만하는 일이며, 고추장이나 청국장 담가먹는 일까지 아주머니는 나의 수제자노릇을 착실히 하면서 서로 도와왔다. 살림솜씨가 없더라도 주부라면 상식으로 알고 있어야 당연한 밑반찬 장만하는 일도 자신 있게 아는 게 드문 터수라, 일일이 실습을 거쳐서 알려드리면 그렇게 좋아할 수가 없다. 나이가 쉰 줄에 들도록 아주머니는 대체 무얼 보고 익혔을까? 어이없을 정도로 아무것도 기록되지 않은 백지를 느낄 때가 있다. 넓고 깊은 백지의 가능성이여!

그 백지의 매력 때문에 간단하게 조작되는 가전제품 사용법을 몰라 툭하면 들고 온다든지, 손님이라도 왔다하면 내게 도와달라 구원을 청하는 아주머니를 귀찮다 밀어내지 못하고 빠듯한 내 시간을 쪼개 드리게 되는지도 모르겠다.

아주머니는 느린 걸음걸이만큼이나 두뇌 회전이 느리다. 남들 한바탕 웃고 난 뒷마당에서야 웃음을 터뜨리기 일쑤고, 같이 앉아서 일껏 함께 듣고는 엉뚱한 소리를 잘하여 별명이 '뒷북쟁이'다. 그만큼 마음에 여유도 있어서 때로는 핀잔을 주다가도 내 그릇됨을 반성하게 된다.

아주머니와 함께 길을 걷다보면 저만치 뒤처져서 딴전을 보기 때문에 싫은 소리를 자주 해야 한다. 시간이 없다고 재촉해도 몇 발짝 재게 떼어놓다가 곧 다시 '자기식'으로 돌아간다. 예배시간 중간쯤 드르륵 문소리도 당당하게 들어오는 것은 아주머니의 단골 연출법이요. 버스를 놓쳐서 동동거리며 속상해 하는 것도 자주 보는 아주머니 모습이다.

대체 어떤 식의 시간개념을 갖고 있으면 저럴까. 찬찬하게 지켜보고 있으면 '아주머니의 시간'이란 공식 같은 게 어림짐작은 된다. 째깍째깍 돌아가는 금속질이 아닌 푸근하게 흐르는 섬유질의 시간 개념. 급한 길을 가다가도 호기심을 끌만한 무엇이 눈에 띄면 나머지는 깡그리 잊어먹고 서서 구경을 한다든지 참견을 한다. 들에서 일하는 이웃을 만나면 차가 떠날 시간이 다 됐어도 이 얘기 저 얘기 말을 거는데, 그냥 싹 지나치면 야박할 것 같아 그런단다.

세상에 널린 게 그분의 호기심을 자극할 것들뿐이니 문제는 그쪽이 문제인데, 곁엣 사람이 답답하여 가슴을 치게 만들기는 하지만 악의가 전혀 끼이지 않은 행위를 두고 비난하기도 좀 그렇다. 시간을 안 지킨다고 화를 내야 하는 내 쪽이 속물만 같아 슬며시 마음을 접긴 하지만, 함께 가다보면 속이 탈 때가 많다.

유유자적 자유인의 바탕을 잘 타고난 아주머니. 남을 해코지한 일도 없고 누굴 원망하거나 미워할 일도 없이 논두렁에 몰래 피는 풀꽃처럼 세상에 해를 끼치지 않고 살아가는 무공해 인간이면서도 어울리지 않게 겁을 잘 먹는다. 버스터미널 검표원에게도 굽실굽실 겁을 먹으며, 길에서 순경나으리라도 만나게 되는 날은 가슴을 한참 진정시켜야 할 재앙이다.

영이네가 모를 내거나 바심을 하는 날이면 빨리 안 오고 뭐하느냐고 새벽부터 전화통에 불이 붙는다. 가보면 별로 급한 일도 없는데 혼자서는 겁이 나서 그런단다. 남에게 대접해야 하는 많은 양의 밥은 겁이 나서 못 안치고, 묘판에 볍씨를 뿌리는 일도 겁이 나서 못하고, 새로 천을 끊어다가 이불 호청을 끼우는 일도 겁이 나서 가위질을 못한다. 연속극을 보면서 펑펑 울다가도 코미디 프로로 채널을 돌리면 눈물이 멈추지도 않은 얼굴로 깔깔깔 웃어대는, 감정이입과 전환이 너무 빨라서 곁에 있는 사람을 어리둥절하게 만든다. 겁이 많고, 눈물이 많고, 웃음이 많고, 정이 많은 영이네 아주머니는 뭐든지 풍성한 알부자다.

새참을 내갈 때가 됐는데도 논에 간 아주머니는 돌아오는 기척이 없다. 옥상에 올라가 손차양을 하고 솔모루 쪽을 바라본다. 누렇게 익은 벼들이 고슬고슬 익는 냄새라도 풍길 듯 시야 가득 넘실댄다. 저 아래 뙈기밭에 심은 고추도 또 따야겠다. 깜빡 잊어먹고 있었는데 옥상에서 내려다보니 빨갛게 붉었다. 논두렁 건너 건이네 마당에는 새하얀 기저귀가 가을볕을 퉁겨내며 펄럭이고, 언덕 위 과수원에선 새 쫓는 소리가 아련하다. 너무 평화로워 나른한 오후. 무언가 기쁜 일이 성큼성큼 다가올 것만 같은 느낌이다.

가을이 가득한 동네가 한 눈에 들어오는데, 아주머니가 나타남직한 길에는 코스모스만 하늘거릴 뿐 그 특유의 느릿느릿한 걸음걸이는 눈에 들어오지 않는다.

어쩔 수 없이 다른 함지를 찾아다가 음식을 담는다. 점심에 내간 반찬이 겹치지 않게 마음을 쓰다보면 들밥을 내가는 일도 쉬운 일이 아니다. 시장이 멀어서 후딱 다녀올 거리도 못되고 애꿎은 푸성귀를 가지고 이리저리 효과를 내야 하므로 어려움이 더 따른다.

밥함지를 이고 나섰다가 길에서 아주머니를 마주치지 싶어서 다시 옥상으로 올라갔다. 아무리 논이 멀다고 해도 두어 번은 오갈 수 있을만한 시간이 지났으므로 이번엔 가까이부터 찾아본다. 가락골로 들어서는 길 옆으로 웬 사람들이 옹기종기 모여 앉아 있는 게 눈에 들어온다. 점심 함지를 가운데 놓고 둘러앉아 왁작대는 소리가 바람결에 어렴풋이 들려온다.

아주머니는 늘 그랬다. 겁이 많은 것과는 또 다르게 등 뒤에서 벼락이 친대도 급할 것도 겁날 것도 없이 느긋하다. 보나마나 지나가는 사람들 불러 모으고, 근처 논밭에서 일하는 사람들을 쉬어가며 하라고 억지로 끌어냈으리라.

새참이 늦을 걸 생각하면 마음은 급하지만 지금 음식 함지를 이고 나선다면 길가에서 늘펀하게 벌어진 즐거운 판을 깰 일이 걸려서 망설인다. 아주머니야 어째도 괜찮은 사람이지만 다른 이들은 내가 나타나면 무안을 탈 것이 뻔하므로.

내가 점심 먹으러 오시라고 초대했다면 응하지 않을 사람들도 영이네 아주머니가 길가에서 불러 모으면 저렇게 모두 모인다. 나와 이웃들 간에 언제나 서먹하게 낀 거리감이 아주머니에게 닿으면 햇살 아래 안개같이 맥을 못 추고 스러지는 까닭이 무엇일까?

"워찌나 달게들 먹던지. 아주 설거지 헐 것두 읎서."

찌개를 다시 데워놓고도 한참을 기다려서야 빈 함지를 득의양양 이고 들어오면서 지르는 아주머니의 일성이다. 물론 우리 논에서 일하던 일꾼들이 그랬다는 말이 아니고, 길에서 즉석초대한 손님들의 좋은 식성을 기꺼워하는 말이다. 여남은 명이 일하면 그 갑절의 사람이 먹고 남을 만큼 음식을 준비해 가지고 가는 게 농촌의 풍습이므로, 목이 휘도록 이고 간 걸 다 먹었다는 얘기는 많은 사람이 아주머니의 점심초대에 응했다는 뜻이다.

이번엔 내가 가겠다 해도 들은 척도 않고 다시 새참 함지를 이고 언덕을 넘어가는 아주머니, 바쁠 것도 거리낄 것도 없는 여전한 걸음으로 느릿느릿 걸어가는 뒷모습을 지키다가 정말로 설거지할 게 없이 깨끗이 치워진 점심 그릇에 눈을 주면서 풀썩 웃고 만다.

마음이 풍요롭다는 것, 여유롭다는 것은 바로 저런 것일게다. 일반 상식이라면 남의 음식으로 자기생색을 낸다는 느낌 때문에 길가의 점심초대란 어색한 일일 게고, 남의 일을 도우러 와서 상대가 좋아할지 싫어할지 모르는 짓을 벌이는 게 쉽지는 않을 터인데 그런 자자분한 걸림에 걸리지 않고 살 수 있다니 진정한 여유가 아닌가.

도와달라고 말하기 전에 언제나 먼저 도움의 손을 내미는 따뜻한 마음씨의 아주머니를 메마른 합리의 내 잣대로 재려고 덤비는 탓에 더러는 속이 상할 때도 있다.

저녁까지 쓸 반찬을 내 말은 들어보지도 않고 덜어서 이웃들에게 내준다든지 오늘처럼 오가는 사람들을 불러들여 불시에 잔치를 벌이고 나면 빠듯하게 계산된 얄팍한 식단은 바닥을 드러내게 되므로 낭패가 아닐 수 없다. 그렇다고 야박하게 먹는 걸 가지고 어쩌니 저쩌니 참견하기도 우습고 내색할 일도 못되어서 속으로만 끙끙거렸다. 그러던 것이 세월이 가고 연륜으로 쌓여 내게도 요령이 생겼다고나 할까. 당할 때마다 당황하지 않게 음식도 그만큼 많이 장만하고, 시간도 그만큼 넉넉하게 잡아서 대비한다.

저녁밥을 할 시간이 다 되어 가는데 또 어디서 무얼 하느라 못 오시는가 아주머니를 찾아 옥상으로 올라간다.

넘어가는 햇살이 마지막 빛을 쏟고 있는 솔모루, 노을 속에 조그맣게 가라앉고 있는 동네를 내려다보면서 아주머니도 저 등성이 어디에서 한눈을 팔고 있을 것 같아 소나무 그늘을 눈여겨보지만 보일 리 없다.

새참그릇을 기다리는 일을 포기하고 저녁밥을 안친다. 영이네 아주머니가 지어야 할 그 가족들 몫도 함께 안치면서 쉬이 올 리 없는 아주머니를 기다리는 시간만이라도 그분을 닮아보자고 마음을 느긋이 늦춰본다.

세모 뜯기

바다가 보고 싶다. 바닷가에 살면서 바다가 보고 싶다면 뭐하는 소리냐고 하겠지만 요즘 같은 농번기에 일없이 바닷가를 거닌다면 욕을 얻어먹기 똑 알맞아 망설이는 판인데, 이웃 아줌마들이 바다에 간다고 한다. 옳다구나, 아줌마들 갯것 하러 가는 길에 따라붙기로 하였다.

일질에 걸치적거린다고 오지 말라면서도 내둥 그런 길에 끼지 않고 배돌던 내가 따라나서는 게 아줌마들에게 기분 좋은지 제가끔 우스갯소리를 하며 반기는 기색이다.

언덕 하나를 넘으니 벌써 바다 냄새가 숨결에 닿는다. 가슴에 넘쳐 들어와 굳은 응어리를 풀어내면서 서늘하고 널찍한 공간을 만들어 주는 바다 냄새. 얼마 동안은 그 서늘하고 넓은 자리 덕분에 가슴으로 차오르는 응어리를 삭이며 버틸 수 있으리라.

숨쉬기를 잊어먹었다가 갑자기 생각난 듯 심호흡을 한다. 가슴으로 터질 듯 밀려들어오는 찝찔한 갯냄새, 살아서 뛰는 생명을 느끼게 하는 그 냄새는 언제 맡아도 좋다.

모랫벌에 서서 감탄하는 사이 동네 아줌마들은 굴딱지와 해초가 위험하게 엉겨붙은 바위너설을 타넘고 있다. 칠순이 넘은 할머니로부터 젊다고 해야 환갑을 넘긴 이들인데, 바위를 타는 모습이 날렵하기가 다람쥐 같다. 거기에 비하면 나는 날카로운 굴껍질 서슬들을 챙기며 골라 디디느라 더디고, 미끈거리는 해초를 밟지 않게 조심하느라 바들바들 발을 옮기는 모습이 땅속에서 지상으로 잘못 튀어나온 두더지의 몸짓이다.

세모는 어릴 때 맛있게 먹은 기억이 있는 향수 어린 반찬거리다. 미역처럼 국을 끓여 먹거나 들기름에 볶아 소금을 뿌리면 도시락반찬으로 좋았다 모내기 철이면 빠지지 않고 상에 오르던 갯마을의 계절식품인데, 미역과 비슷한 맛과 향을 지녔기 때문일까 아니면 미역과 같이 피를 맑히는 성분 때문일까 가난해서 미역을 사먹을 형편이 안 되는 촌 아낙들의 산후조리 식품으로 많이 쓰였다는 얘길 들었다.

들물엔 물속에 잠기고 썰물 때에 모습을 드러내는 갯바위에 뿌리를 내리고 사는 세모는 봄부터 초여름에 걸쳐 돋아나는 바닷풀이다. 물밑에 있던 바위가 썰물이 지면서 몸통을 드러내면 바위를 덮듯 붙어 있는 가늘고 짧고 뾰죽한 풀, 흡사 돋바늘 모양으로 촘촘하므로 불그스름한 융단을 깔아놓은 것 같다. 자른 면을 자세히 들여다보면 파 잎새처럼 속이 비어 있는데, 뜯긴 자리가 오무라들어 다시 뾰죽한 끝이 된다.

바닷물이 빠져서 바위가 물 밖으로 드러나도 얼마 동안은 세모를 뜯을 수가 없다. 축축한 갯물을 함빡 물고 있어서 미끈거려 손가락에 잡히지도 않고 뜯겨지지도 않는다. 어지간히 시간이 지나고 고슬고슬하게 물기가 마르기 시작할 즈음이 세모를 뜯기 좋은 때인데, 아무리 손을 재게 놀려도 그 작은 바늘풀들은 바구니 바닥에서 올라올 줄을 모르므로 성급하게 생각하면 재미가 없다.

손톱 길이보다 조금 길까 말까한 세모를 열심히 뜯는다. 사람의 손 끝에 뜯긴 자리는 밤새 물결과 어루며 내일은 다시 바늘 끝으로 아물어 일어서리라. 세상에 살도록 생긴 것들은 모두 어쩌면 그렇게도 섬세하게 잘 생겼을까. 자연의 신비로움에 다시 감탄하며 세모를 뜯는다.

어린아이 울음소리와 꼭 닮은 갈매기는 울어쌓고 바닷물은 저만큼 밀려나가 철썩거린다. 초여름 해도 설핏 기울고 얼굴은 볕에 데었는가 화끈거리고 배도 고프고, 그만 돌아갔으면 좋겠는데 아무도 가잔 말을 하지 않는다. 처음 따라나선 주제에 먼저 가자고 보채는 것도 그렇고 참자니 고역이다.

굴을 찍는 아주머니, 미역을 매는 할머니, 톳나물을 뜯고 고둥을 줍는데 골몰하는 이웃들은 바구니가 가득한데 무얼 저리들 열심인가. 그릇을 넘치게 채워 놓고도 일어설 생각을 않는 저들의 지칠 줄 모르는 힘은 대체 어디에서 샘솟는가 모르겠다. 처음 느끼는 사실이 아님에도 놀라운 마음으로 그들의 대단해 보이는 일손을 지켜본다. 지친 기색이라곤 보이지 않고 펄펄 기운이 남아도는 그들 속에서 나이가 가장 어리고 작업량이 적은 나만 지처 허덕이는 허약한 몰골이라니, 그 또한 새로운 발견이 아님에도 새삼스럽다.

부지런을 떨었지만 첫날은 다른 이들보다 훨씬 적게 뜯었다. 뜯은 세모는 집에 오는 대로 맑은 물에 헹구어서 볕 바른 양지에 잘 말려야 한다. 장에 나오는 걸 사먹기만 하다가 직접 내 손으로 뜯어왔으니 공짜 아니냐, 횡재를 만난 것만 같다. 값으로 친다면 별것도 아닌데 볼수록 대견하다.

이튿날은 다른 아줌마들보다 갑절은 많이 뜯었다. 요령을 터득했다고나 할까. 기르지 않고 얻는 일이 첫날은 횡재만 같더니 그도 꾀가 나는가 공짜라고 좋아하던 기쁨이 묽어졌다. 긴장이 사라진 탓일 게다. 어제보다 모든 것이 재미가 줄어들었다. 단순노동을 견디는 힘이 부족한 것 또한 내 결점이지, 참 골고루도 부족하구나 생각하며 실소를 깨문다.

내 바다는 관념 속에서만 머무는 그림 같은 존재가 아닐까 생각할 때가 있다. 바다가 생존의 직접수단으로 굴을 따는 바다, 미역을 매는 바다, 고기를 낚아 먹고사는 바다가 아닌 탓일까. 고개 너머에서 나와는 상관없이 철썩인다고 소외를 느낄 때가 있었다. 관념 속으로만 허전하게 닿던 그 바다가 오늘은 그럼 내 삶에 직접으로 닿는 날인가? 손으로 들고 가는 실질적인 바다가 양손에 가득하다고 해야 할까?

유치했던 생각들을 구석에 몰아 세워본다.

혼자 먹기는 너무 많은 분량의 세모를 어찌 처리할까 고심하다가 마침 다니러 오신 친정어머니께도 싸 드리고, 세모의 맛을 알고 맛의 추억을 갖고 있는 이들에게 조금씩 나눠주기로 한다. 공유할 느낌이 있으므로 반가운 이들은 누구누구인가 꼽아보면서 갯냄새 물씬한 세모를 받아들고 잠시 옛날을 기억하고 즐거워할 얼굴들을 떠올려 본다.

신나는 호주머니

다른 사람보다 손이 큰 걸까 팔 길이가 긴 걸까. 어느 장소에 가든지 내가 제일 난처해하는 일은 손의 처리 문제다. 그러므로 겉에 커다란 호주머니가 달린 옷을 입으면 든든하다. 가장 고민스러운 손의 은신처를 마련한 느긋함일까. 정신도 안정되고 고질인 어눌도 조금은 진정될 만큼 호주머니의 존재여부는 심리에 적지 않은 영향을 끼친다.

묵은 신문을 정리하다가 얼마 전에 사임한 여자장관 사진이 눈에 띄어 그 기사를 다시 훑어본다. 장관직에 있을 때 기자회견 하던 사진이었는데, 치마호주머니에 손을 찌른 채 표정으로 보아 거침없는 평소의 말투가 터진 봇물처럼 흐를 것 같았다. 무슨 흥밋거리가 없는가 기웃거리는 독자들에게 보비위하는 기사내용 때문일까. 아니면 호주머니에 찌른 손 때문일까. 실수를 연발하는 그의 신중하지 못한 언행을 두둔하려는 마음이 아닌데도 그 사진 속의 모습은 편을 들고 싶을 만치 묘한 호소력을 갖고 있다. 호주머니에 손을 넣고 있어야 할 만큼 기댈 데 없는 마음 상태를 어느 정도 공감하는 까닭이리라.

큼직큼직한 호주머니가 겉에 달린 옷을 입은 사람을 보면 참 편안해 보인다. 주머니에 울퉁불퉁 무얼 잔뜩 넣어가지고 다니는 모습을 촌스럽다고들 하지만, 겉모양을 상관하지 않고 자기 편한 대로 넣을 것 다 넣고 다니는 사람은 느긋해 보인다. 무얼 저렇게 올망졸망 많이 주워 담았을까 바라보는 사람이 궁금하도록 불룩하게 호주머니의 배가 튀어나와 있는 사람, 지나치면 주책스러워 보일 법도 하지만 수수한 성격을 드러내는 몸짓 같아 호감이 간다.

남의 호주머니는 비밀스럽게 가려져 있기 때문에 더 신비로운 걸까? 그 내용물이 이유 없이 궁금할 때가 있다. 물론 호주머니 용량보다 큰 물건을 넣었을 때엔 일부가 내다보여 안에 든 게 확인되는 경우도 있긴 하지만, 대개는 다른 이가 알 수 없이 감춰져 있어서 저 안에 뭐가 들었을까 궁금하게 만든다. 남의 주머니 속이 실질적인 필요와 상관없이 궁금하다면 그 안에 있는 것들을 탐하는 마음이 전혀 없더라도 이상한 사람으로 오해받을 여지가 다분한 일이다. 그럼에도 호기심이 돋아나는 것을 막을 수 없는 호주머니, 그 주머니에 들어있는 품목들을 무작위로 털어본다면 그의 직업이나 생활 정도나 취향 따위를 대충은 알아 맞출 수 있다. 그러니 사람을 향한 호기심이 반짝이고 사람을 읽는 일이 재미있는데, 그 사람의 암호를 읽는 지름길일 수도 있는 호주머니의 내용물이 왜 아니 궁금하랴.

남자들의 겉옷은 대개 품이 넉넉하다. 넉넉한 품만큼이나 많이 달린 호주머니도 그 넉넉한 여유에 보탬을 준다. 위아래, 앞 옆, 거기다 안쪽으로도 몇 개의 호주머니가 감춰져 있는 남자들의 옷에 비한다면 여자들의 정장은 차표 한 장 찔러 넣을 공간이 없다. 설령 호주머니가 달려 있더라도 작고 얄밉게 생겼거나 메마르고 박하게 장식으로만 달려 있기가 십상이다. 그게 쓰임새보다 모양에 치중해서 그럴까 너무 아쉬울 때가 있다.

푸근하고 너그러운 사람이 넉넉한 품 안주머니에서 꺼내주는 것, 좋은 느낌이 꼭 물질만이랴. 그러기에 남자 옷이 품이 큰 것은 어떤 상징적인 의미가 있을 것 같다.

서울에 볼일이 있다는 ㄱ선생에게 책을 몇 권 부탁했다. 이곳 서점에서 주문할까 하다가 그쪽이 빠를 것 같아 미안한 마음을 무릅쓰고 청을 드렸던 건데, 그분이 서울서 돌아오는 날 읍내에 나와 일껏 길목을 지켰지만 유감스럽게도 ㄱ선생의 손은 비어 있었다. 책 따위는 까맣게 잊어먹은 듯 다른 얘기만 하시니 여간 서운한 게 아니었다. 겉으로 드러나게 내색은 못하고 맘속으로만 다신 그런 부탁하나 봐라 싶어서 얘기도 건성건성 성의 없이 듣다가 돌아섰다.

그게 누가 되었든 내 의사가 깡그리 무시되었다는 느낌은 나를 불행하게 만든다. 그 책을 못 구했으면 거기에 맞는 변명이라도 나옴직한데 잊어도 아주 깨끗이 잊은 모양이라 더욱 그러했다. 그런 내 감정은 마음 가녘에도 짐작이 안 되는지 흥미 없는 얘기만 계속하는 ㄱ선생께 바쁘다는 핑계를 대고 서둘러 우리 동네로 오는 버스에 올랐다. 차가 출발하려는데 갑자기 그분이 뛰어올라왔다. "하마터면 정신 놀 뻔했네!" 천연스레 점퍼 안주머니에서 주섬주섬 책을 꺼내주는 그리 무심한 손놀림이라니.

먼저 빈손을 보여주고, 주먹을 쥐었다가 다시 쫙 폈을 때 탐스런 장미가 손가락 사이에 거짓말처럼 피어나던 옛날 장터거리 마술사의 손이 떠올랐다. 쫙 펴면 꽃, 다시 쫙 펴면 빈 손, 번갈아 꽃이 피기도 하고 빈 손바닥이 되기도 하는 그 신기하던 기억이 얼른 ㄱ선생의 손놀림 위에 겹쳐진다.

자요! 여기요! 품에 손을 넣었다 뺄 적마다 ㄱ선생의 손에 계속 책이 집혀 나올 것만 같은 신비스런 느낌이 스친다. 잠시나마 혼자 토라져 맘속으로 서운해 했던 감정을 들킨 건 아닐까 전전긍긍하는 사이 차는 출발하고, ㄱ선생은 창밖에서 손을 흔든다. 겉으로 보긴 여남은 살 소년처럼 단순 쾌활한 모습인데 뭔가 깊숙이 가려진 부분을 느끼게 되는 까닭이 무얼까. 쉽사리 속마음이 헤아려지지 않는 그분의 마음 씀씀이가 꼭 점퍼 속주머니 같다는 생각이 든다.

원래 몸피가 가늘어서 그렇기도 하지만 ㄱ선생은 입고 다니는 옷이 늘 헐렁하다. 그 헐렁하고 볼품없는 옷 어디에 그렇게 두툼한 책들이 숨어있을 공간이 존재하는 걸까. 넉넉한 마음처럼 넉넉한 품에 호주머니 투성이의 헐렁한 점

퍼가 오늘따라 미더워 보인다.

무엇이 깃들어도 표가 안 나는 느긋하고 든든한 호주머니! 얼마나 좋은 이름이냐. 무엇보다 내가 호주머니를 좋아하는 것은 호주머니의 용도가 미래지향적이란 점이겠다. 다음을 위해 존재하는 것, 호주머니는 언제나 준비의 의미요 예비의 용도로 거기 있다. 소망이 끊긴 자리에 호주머니가 무슨 필요가 있으랴.

남이 모르는 즐거운 비밀을 담고 또 그만큼씩 내일을 담고 삶의 구석구석에 달려 반짝이는 호주머니, 산다는 게 잠깐씩 신나는 노릇 아니냐.

다시 읽는 세월

이번 농한기엔 감명 깊게 읽었던 책들을 다시 읽기로 했다.

예전에 읽던 책들을 뒤적거리다보면 그 책을 처음 읽던 날에 나를 감싸고돌던 분위기라거나 사물 따위, 거기 연결된 심상들이 새로운 파장으로 새록새록 살아 나오는 맛이라니, 세월이란 게 이렇게 오묘한 것들을 감추고 있구나 새삼스러워 하게 된다.

오늘은 ≪제인 에어≫를 뽑아 들었다. 샬롯 브론테의 서정미 넘치는 문체도 그렇고 그의 주인공 제인 에어의 성격이 마음에 드는 까닭일까 작중현실 속으로 얼른 빠져들 수 있는 좋은 작품이다.

책을 펴드는 내게로 활자보다 먼저 다가오는 얼굴이 있다. 아물아물 안개 저편에서 희미하게 살아나오는 얼굴들, 그건 얼굴이 아니라 목소리, 그것도 아니라면 그 사람의 인품이 거느린 분위기쯤일까? 어느 세월 구석에 박혀 흐릿하던 그림이 '제인 에어'란 조명을 받자마자 선명하게 살아나고 있다.

다른 여건이 좋지 못한데도 그 공장에서 일하기를 고집

한 것은 그 시원찮은 도서실 때문이었다. 지금이라면 어림도 없을 고용 조건을 내걸어도 사람이 넘쳐나던 60년대. 기본 생존여건이니 뭐니 따질 나위도 없이 바로 눈앞의 하루 생계가 문제였던 세월이었으므로 독서라거나 취미를 챙긴다는 건 사치스런 일이었다. 천여 명이나 되는 직공들을 수용하고 있는 시설에서 여남은 명이 겨우 들어앉을 수 있는 도서실이란 게 사실 시늉도 못되는 꼴이지만, 그나마 한글을 못 읽는 애들이 대부분이었던 까닭에 그런 것에 관심 두는 사람은 눈총을 받기 일쑤고 가까운 애들에게도 따돌려질 각오를 하고 있어야 했다.

그 도서실을 이용하는 사람은 나 말고도 몇이 더 있었는데 모두 나보다 나이가 위였다. 그 방의 단골 중 제일 어른은 수위실 조씨였고, 경리를 보는 아가씨와 그의 친구, 그리고 화공실 감독은 스물서넛쯤의 비슷한 또래로 보였다. 서울이 고향이라는 그들은 무슨 시험인가 준비하는 모양이었지만 서로에게 무심한 게 그 방의 예절이었으므로 일년 가까이 그 방을 드나들면서도 목례 정도나 나눌까, 소리 없는 그림자처럼 그렇게들 지냈다.

추석이 코앞에 닥친 어느 일요일. 모두 고향 가는 꿈에 들떠서 집에 가지고 갈 선물을 산다, 옷을 해 입는다 북새통을 이루는 속에서 나만 제쳐진 듯 책을 읽고 있었다. 누가 들어오거나 나가거나 관심이 없는 그 방의 예절에 익숙해 있었으므로 옆 사람의 거취가 신경에 거슬릴 일도 없어

편안한 상태, 그 아늑함이 좋았다. 교통비까지 알뜰히 아껴야 다음 학기에 원하던 야간학교에 들어갈 수 있을 것 같아서 이번 추석엔 안 내려가겠노라 편지를 띄운 뒤였다.

몇 번 읽은 '제인 에어'를 또 읽고 있었다. 주위 분위기가 어수선할 때는 딱딱하고 생각을 많이 해야 하는 책은 좋지 않으므로 가볍게 읽으려고 짐보따리 깊숙이 박힌 걸 일부러 꺼내서 읽는 중이었다.

"임명희 씨는 집에 안 가요?"

깜짝 놀라 소리 나는 쪽을 봤다. 누가 말했든 말한 사람이 나를 바라보고 있어야 할 일인데 수위실 아저씨도 화공실 감독도 책에 눈을 준 채였다. 말한 사람을 찾을 수 없으므로 대답을 할 필요도 없겠다 싶어 다시 책에 눈을 주지만 뭐랄까, 익명의 베일에 싸인 편안을 깨부수고 갑자기 나타난 '관심'이란 적 앞에서 잠시 당황했다. 누군가가 말을 걸어왔다는 것, 그건 따돌려져 사는 데 익숙해 있는 내게는 커다란 사건이었다.

우리 엄마는 애들이 마실 다니는 것을 몹시 싫어하신다. 지지배들 집밖으로 나돌아 봤자 득 되는 일 하나도 없다는 논리다. 글쎄 그럴 것 같기도 하고 엉터리 같기도 하지만 꼭 나갈 일이 있을 때는 수를 쓴다. '엄마 딸은 길에다 버려도 안 죷어갈 메주니까 안심하시라'고 없는 실력에 너스레를 떠는 게 그건데, 은연중에 그런 생각은 내 사고방식에 깊이 박혀서 '누구에게 관심대상으로 떠오를 까닭이 없는 사람'이라고 스스로를 한갓지게 치워놓고 살아왔달까. 그러니 같은 작업실 사람도 아닌 남자가 내 이름을 어찌 알고 부르는가 놀라운 일이었다.

책이 안 읽혔다. 읽는 체 앉아 있기도 그렇고, 슬며시 책장을 덮고 일어서려는데 화공실 감독이 얼굴을 들었다.

"취미가 바둑이라면서요?"

사무실에서 내 신상기록카드를 읽었다면서 집이 서산인 것이며 취미난에 '바둑'이라고 써넣은 것까지 기억하고 있었다. 그러고 보니 주 업무는 화공실 기사지만 틈이 나면 사무실 일도 거드는 걸 몇 번 본 적이 있었다. 도망갈 구석이 있으면 좋으련만 내가 앉은 곳이 가장 구석자리여서 그 사람 앞을 지나갈 일이 난감하기 이를 데 없었다.

얼굴이 화끈거려 고개를 못 드는 내게 "공부도 안 되는 것 같고 바둑이나 한판 둘까요?" 그가 제의를 해왔다. 그때 내 나이가 취업연령 미달이라 신상기록카드에 서너 살쯤 올려 적어 놨으므로 그렇다고는 해도, 커다란 사람이 꼬박꼬박 존댓말을 쓰는 데는 민망하여 설 자리가 없었다. 거기다 바둑이라야 책을 펴놓고 더듬더듬 익힌 실력, 줄바둑을 겨우 면한 정도인지라 들통이 나는 것도 그렇고 적당히 둘러대고 도망치는 게 상책일 텐데 입이 떨어지지 않았다.

무슨 배짱이었을까. 망신살을 예감하면서도 바둑인지 오목인지 분간이 안 되는 짓을 하게 되었다. "거기 두면 대마가 죽지요." 내가 놓은 돌을 옮겨놔 줄 정도였으니 그 판세가 어떠했으리라는 건 말할 건더기도 없이 뻔한 일. 그 일이 있고부터 다시는 이력서 취미 난에 바둑 어쩌구 장난치는 일을 하지 않았다.

길에다 버려도 안 주워갈 사람의 인적사항까지 기억해준 고마움 때문이었을까, 오래 잊히지 않던 사람이었다. 그후 야간 잔업이 없는 날이면 더러 바둑을 두기도 했는데, 그의 바둑실력도 별 볼일 없었던지 아니면 내가 너무 무안을 탈까봐 일부러 봐줘서 그랬는지 어쩌다 내가 이기는 판도 있었다.

읽고 있던 '제인 에어'를 덮고 창문을 연다. 쏴하니 밀려드는 싸늘한 공기가 상쾌하다. 이 공기를 함께 마시고 이 시간대를 함께 살아가는 좋은 사람들, 나를 기억하거나 아니면 전혀 모르는 모든 사람들이 다정하게 다가오는 느낌이다. 그때 공무원 시험을 치려고 준비하던 화공실 감독은 뜻을 이루었을까? 그 도서실 식구들은 또 어느 자리에서 무슨 생각을 하며 오늘을 살고 있을까? 궁금한 부피만큼씩 슬몃슬몃 그리움이 돋아난다.

먼 훗날 오늘 이 자리를 회상하면서 또 '제인 에어'를 꺼내 읽게 된다면 지금의 심상들에게 나는 또 어떤 자리매김을 하게 될까? 나도 모르는 새 의미의 자리들을 옮겨놓게 만드는 그게 세월이라면, 세월이 흐른다는 건 참 신나는 일인지도 모르겠다. 다시 읽을 수 있는 의미의 분량이 점점 많아지는 것이므로.

이제 생각하면, 개념 하나하나에 그 나름의 정서를 채워가는 아이에게 그보다 나쁜 학습법이 또 있을까 싶다. 아무튼 촉새 같은 사랑방 아줌마에게 묻는 수밖에 없다는 판단이 선 것은 그해 겨울이 가고 빨래가 얼 리 없는 봄날이었다. 고붙 분지르는 게 무슨 말이냐고 바로 묻지도 못하고 겨울 빨래에 있던 고붙이 봄이면 어디로 가냐고 했던 거 같다. 예상했던 대로 한참 만에 내 말을 알아들은 아줌마는 우선 깔깔대는 것부터 하셨다.

사전을 찾아볼 만큼 자라서는 '묵을 메와라' '장단지 가셔놔라' 따위 이상한 말에 또 고생을 했다. 사전에도 나오지 않는 그런 말들을 우리 엄마는 대체 얼마나 쟁여두셨는가. 세상에 무진장으로 깔려 나를 골탕먹이는 동음이의어가 많은 우리말의 어려움도 한 몫 했겠지만, 말만 문제가 아니라 그 말을 되물을 수 없는 험악한 분위기가 더 문제였다는 것은 세월이 훨씬 지나고서야 느꼈는데 노상 공포분위기에 싸여 살았던 환경이 언제나 문제였던 거다. 그깟 말 한마디 되묻는다고 경을 칠 일이 기다린다는 건 그야말로 말이 안 되는 소리 아닌가? 언어습득의 배경을 잠깐 들여다봐도 그 지경이었으니, 내게 쟁여진 무의식이란 건 달리 따지고 분석하지 않아도 짐작이 가능할 것 같다.

한 예로 산오징어라는 이름을 횟집 간판에서 본 뒤로 그것은 산속에서 곡괭이로 캐내는 오징어 비스름한 식물 뿌리로 짐작한 채 사전을 열어볼 생각도 못하고 오랫동안 묵

혀뒀던 일이 있다. 그 하나로도 엉터리인 내 언어의 뿌리들이 탄로 나는 부분이다. 다른 사람이라면 문제거리도 아닌 일들을 쉽게 처리하지 못하고 막혀 있는 것, 혼자 두고두고 끙끙대다가 마음에 구름처럼 첩첩한 억압이라는 켜를 만드는 것, 그걸 걷어내고 제대로 보기까지 그 부분에서 머리가 멈춰버린 듯한 현상은 그냥 생기는 게 아니라는 말이다. 아무튼 간단한 서류 한 장 작성해낼 능력이 안 되는 이상한 말이 내 것이 되어 문자와 말이 따로 놀았다. 제각각 일상생활 속에서 쓰는 말 따로, 문서에 쓰이는 말 따로 어느 나라 말인지 어리둥절할 일은 도처에 깔려 나를 이방인 취급한다면 난감한 일이 아닐 수 없다.

가락골 집 뜰에 앉아 열무나 파 따위 야채를 다듬으려면 지나는 이들의 얘기는 의도하지 않아도 저절로 들려온다. 생나무 울타리 밑으로 난 길이 만리포에서 모항을 오가는 지름길이기 때문이다. 한 떼의 사람들이 왁자지껄 다가온다. 억양으로 봐서 중국 사람들, 매우 어수선한 느낌을 주는 언어라는 생각이 든다. 한 무리 뒤에 오던 사람들은 필리핀 인들의 영어다. 또 조금 사이를 두고 수근거리며 다가오는 이들은 아무리 들어도 어느 나라 말일까 모르겠다. 말소리가 작아서일까, 억양으로도 짐작이 안 되어 내다보니 왜소한 체구의 가무잡잡한 남자들, 순한 얼굴 생김으로 봐서 아마도 베트남인인 듯하다.

갑자기 생각이 어두워진다. 드디어 내 나라에서 내 나라 말이 안 통하는 그쯤의 시절이 도래하고 있는 것인가? 넓은 대처도 아니고 여긴 우리 동네 가락골이다. 갯가 동네이니 뱃사람들이 많고 농사철이면 품을 사서 쓰는 농가가 있는 시골, 그 일손이 모자라는 특성 때문에 이런 현상이 다른 곳보다 빨리 오는 건가? 막일을 하는 일꾼들을 보면 우리나라 사람은 별로 없고 모두 외국인, 다른 나라 어느 낯선 땅에 온 것처럼 도드라진 느낌이 들곤 한다. 취직 못 한다고, 일자리 없다고 난리 치는 우리네 청년들은 다 어딜 갔나. 노인네들만 사는 가락골에서 뙤약볕 아래 죽자하고 일을 하는 건 몸이 튼실할 것 같지도 않은 동남아쪽 사람들이다. 생각이 촌스러워 그럴까. 그런 풍경 앞에 자꾸만 미래의 어느 날들이 어른거린다. 꼭 몸의 노동만 희망이라 여기는 것도 아니면서 왜 땀 흘리며 사는 그곳에 사람살이의 모든 갖춤꼴이 들어 있다 생각되는 것일까.

집집마다 조금씩 사정들은 다르지만 우리 동네는 중장년이 된 자식들은 모두 도회지로 올라가고, 일손을 벌써 놓았어야 할 환자 같은 노인들이 논밭에 나앉는다. 급한 일이나 일손이 많이 드는 일에는 품을 사는데, 그 일손들은 외국인들이다. 곰곰 짚어보면 내가 근심하는 게 노동의 문제가 아니라 언어의 문제였나? 소통의 문제, 여러 사정으로 보아 외국인 노동자들이 들어오는 건 당연하고, 농어촌으로 시집오는 새댁 열이면 아홉이 외국 여인들이니 동네 울타리 밑을 지나가는 언어가 아롱다롱, 갈라 치우기 힘드는 혼란스런 색깔을 띠는 일은 바로 우리네 앞날인데 무얼 어째야 우리말이 건강하게 살아남아 소통이 제대로 될지 생각이 앞서서 근심을 끌어오는 것이다.

그렇다고 내가 유별나게 국수주의나 민족주의 경향을 띤 사람도 아닌데, 낱말의 뜻을 몰라 고생하며 자란 내 어린 날의 일들이 외국에서 시집 온 동네 새댁들이 언어 때문에 겪는 고통과 비교될 수나 있으랴만 이 땅에 닥쳐올 가장 큰 고민은 우리 언어를 지켜내는 문제가 될 것 같다.

언어만 지켜내면 그 나라는 어느 강대국의 속국으로 매어 있더라도 언제고 독립을 할 수 있다고 했는데, 그래서 언어는 얼이라는데 그러고 보면 고붙 분지르지 않게 조심하는 일은 중요하다. 사람이 만나 접히는 부분들, 조심하지 않으면 언제라도 부러질 태세로 깡깡 얼어있는 고붙, '피륙 따위의 접힌 부분'이라는 그 간단한 낱말 때문에 고생했던 생각이 문득 떠오를 때면 나는 여전히 못 알아듣는 말 때문에 골탕을 먹는 기분을 떨쳐내지 못한다.

지나가는 사람들이 무슨 말을 하든지 그게 뭐 어쨌다고 이렇게 마음이 쓰이는가 모르지만, 아 어쨌거나 답답하다. 그렇다고 어디에 대고 답을 구할 곳이 없는 건 예나 지금이나 비슷한 현상, 아무 말도 제대로 들을 수 없고 또한 내 말을 아무도 알아듣지 못할 그 순간이 오고 있는데, 뭘 어째야 하는지 히떠운 생각의 골이나 파면서 분지르지 말아야할 고붙, 도처에 깔린 그것이 무엇일까 생각한다.

옛날에

콩밭을 매다가 엄마나 언니가 저만큼 앞서 나아가서 안 보이면 호미로 헤집어 파놓은 보드라운 밭고랑에 뺨을 대고 납작 엎드리는 장난을 잘했다.

서늘한 흙에 엎드려 콩 포기들을 올려다보면 이글거리는 칠월의 태양은 콩잎 사이로 나를 향해 뜨거운 불볕을 쏘고 싶어 어쩔 줄 몰라하는 것 같지만, 우거진 콩포기를 헤치고 볕뉘 몇 알갱이씩 떨어뜨릴 뿐 위력은 별 거 아니었다. 알맞게 촉촉한 땅에서 올라오는 시원한 기운이 뺨을 타고 온몸으로 퍼지기 때문이다. 거기다 금방 호미가 지나간 흙냄새라니! 그걸 맡으며 산들바람에 흔들리는 콩잎, 바람결 따라 채도가 달라지는 알록달록한 초록빛이 너무 좋았다. 그야말로 순간이었겠지만 마음에 오래 남아 더위를 막아주던 느낌.

코에서 단내가 나고 이마는 늘 잘잘 끓었던 노동의 괴로움은 어디로 증발한 듯 사라지고 마음은 별세계를 떠돌 수 있는 시간이었다. 바람에 따라 같은 구도가 나올 수 없이 흔들리는 볕뉘들, 손등에 그걸 받으며 노느라면 실로폰 소리라도 들릴 듯, 나무십자가 합창단의 노랫소리가 귓가를 맴도는 신비스러운 느낌이었는데 바람이 자면 콩잎이 사스락대는 소리는 너무 약해서 소리라 할 수도 없었지만 숱한 걸 들으며 땅에서 올라오는 새 흙의 정결한 냄새, 그 향그러움과 합해진 초록 물결의 반짝임이 그렁그렁 눈에 물기가 돌 정도로 마음에 가까웠다.

세상에서 가장 좋아하는 색깔이 뭐냐고 한다면 오월 신록에 햇볕을 투과하는 잎사귀들을 아래에서 보는 것이라고 서슴없이 말한다. 잎맥을 세세하게 비쳐내던 그 밝고 환한 연두의 배경, 콩밭은 오월에 그 절정의 아름다움이 오는 게 아니라 칠월이나 팔월 무더위 속에 콩잎사귀가 넓적해지고 빽빽해져서 훨씬 강해진 양광을 제대로 받아낼 때가 되어야 제격이다. 더위, 뙤약볕 아래서 하는 일은 몸이 건강한 아이라도 힘이 드는 일인데, 비실거리는 내 어린 날이 견뎌낸 노동은 그런 꿈꿀 수 있는 행간들을 아주 잠깐씩 볼 수 있도록 하루 어디엔가 박혀서 나를 기다려주었으므로 가능한 일이었으리라. 이제와서 짐작이 되는 것이다.

콩밭 매기라고 늘 그런 게 준비된 건 아니고, 어른들이 곁에 딱 붙어 싫은 소릴 해대면서 풀을 잘못 맸다느니 어쩌니 트집을 잡히며 가게 된다거나 소나기 오다 갠 콩밭에 나앉게 되면 눈물범벅으로 목이 꺽꺽 메어서 그 일을 했다. 지금도 그렇지만 질색할 정도로 싫어하는 것은 몸이 젖는 것, 발등에 물 한 방울만 튀어도 재채기가 날 정도로 유난했던 형질의 몸이었으니, 소나기 개인 콩밭에 드는 일은 죽을 맛이었다. 콩잎에 방울져 있던 빗물이 내 옷에 닿아 왈칵 달려들 때마다 으악! 으악! 소리치고 싶을 정도로 싫었다. 내가 싫어한다는 걸 알아서 더 그랬을까. 나를 만난 물방울은 자석에 끌려오는 쇠붙이처럼 또르륵 소리라도 낼 듯이 달려와 스미는데, 젖은 옷이나 손에 흙이 달라붙으면 그 구질거리는 게 싫어 엉엉 울고 싶었다. 물론 그런 짓을 했다간 엄마의 지독한 욕을 얻어먹을 게 뻔해서 참고 또 참으며 넘길 수밖에 없는데, 무서운 엄마나 언니의 감시를 피해 엎드려서 하늘을 올려다본다거나 콩잎 아래서 굴러다니는 볕뉘들을 가지고 노는 잠깐씩의 그런 놀이가 없다면 뉘엿뉘엿 해가 기울도록 목이 빼근하게 울음을 삼키며 풀을 뽑으며 호미로 땅거죽을 긁어놓는 일에 힘이 더 들었을 것이다.

평생 농사일로 생계를 잇고 살면서도 여전히 싫어하는 것 중 하나가 젖은 흙 달라붙는 것 견디는 일, 물기를 싫어하는 몸의 기억은 요지부동으로 움직이지 않는다. 정신 속에서라면 확고한 무엇이라도 변하고 이동하는 일이 수월한데, 몸이 거부하는 그런 자잘한 것들은 아무리 바꿔치려 해도 잘 안 된다. 남들이 몰라줘서 외로운 기억들을 누군들 싸안고 살지 않으랴만 누구에게 들은 바 없으니 나홀로 그림이라 생각하는 것들, 다른 사람에게 보여주면 아무것도 못 찾아내는 그림없는 그림책 같은 것들, 내게만 의미인 것들.

월계리와 취평리를 가르는 고갯마루를 취계재라 불렀다. 서산에서 부석을 오려면 반드시 거쳐야 하는 관문처럼 걸려 있는 신작로, 거기서 바라보면 우리집은 눈 아래로 내려다보였다. 그런 구도 때문에 날이 저물어 차가 들어오면 그 불빛이 우리가 자는 안방 창호문에 환하게 비친다. 문을 열어놓고 자는 여름날에는 안쪽 벽면 전체가 영사막이 되는데, 그게 사계절 그림이 달라지는 장면, 일 년을 다 모은다 해야 몇 컷 안 되는 장면이지만 영화라고 생각했다. 영화를 볼 기회가 있을 리 없는 문명의 먼 오지에 사는 애들에게는 그런 것마저 신기하고 설레는 볼거리인데 물론 거의 똑같은 구도로 같은 것을 비춰내는 그림자놀이였지만 등잔불도 꺼진 어둠속에서 자동차 불빛의 그 강렬한 밝기는 까만색으로 첩첩한 어둠속 아이들에게 그야말로 환호할 만한 순간이었다.

잠 못 들어 심심할 때 다른 식구들이 모두 잠든 어둠속에서 그 잠깐 지나는 환영같은 흑백영화, 가을이면 앞밭에 고개 숙인 수수이삭들이 칠칠이 들어와 벽에 수 놓이던 풍경, 그것들이 스, 스, 스 옆으로 이동해 가고 바람이라도 부는 날은 출렁출렁 흔들리면서 나란히 어디론가 떠나가는 것이다. 마치 내가 차를 타고 먼 곳으로 떠나 차창으로 보이는 이국의 풍경을 보고 있는 듯 착각이 들어 뭔가 모를 것이 가슴으로 북받쳐 오르곤 했다. 달이 밝은 밤이면 뒷문 창호지에 어룽대던 오동잎 그림자가 그렇듯이 그 단순한 실루엣이 숱한 말을 내게 주고 있었다.

나는 어디서 읽은 바도 없는 비련의 주인공이 되어 비장한 결의를 다지며 떠나고, 그러면서 울었던가? 북벌의 큰 꿈을 안고 떠나거나 나라의 기밀을 한 몸에 다 숨기고 어쩐다는 설정은 위인전을 너무 많이 읽어낸 후유증(?)이었을 터이고, 위인전에 등장하는 독립군들의 영향이 컸을 것이다. 북간도로 만주로 아주 익숙한 지명들을 따라 이제껏 본 적도 없는 열차에 몸을 싣고 대륙을 횡단하는 꿈, 눈을 뜨고 꾸는 그런 꿈들이 가도가도 하염없이 펼쳐지는 수수밭을 바라보며 비장한 결의를 다지던 나는 길주 태생 강순성이거나, 전남 장성 사람 오석완의 어린날이거나, 함북 명천이 고향인 이명순의 소년적 역할이었다. 하나같이 내가 남장을 하고 있었던 것은 우리 엄마의 남아 선호에 힘입는 바였겠지만 그 잠깐 서산에서 내려오는 차가 비추고 지나가는 전조등 불빛이 스치는 건 찰나인데 어찌 그런 긴 꿈으로 이어질 수 있었는지, 지금 생각하면 그 시간 개념이란 게 좀 그랬다. 정신을 분열시키며 소리를 삼킨 채 울다 웃다 가슴 뛰는 긴장도 하면서 밋밋하고 특징 없는 무지한 회색지대였던 내 소년기 한 자락을 펄럭여 살아있음을 스스로에게 알리는 중이었을까. 상상력이나 사고하는 능력은 그가 지닌 단어 갯수에 좌우된다는 말은 그럼 사실이 아닐 수도 있다는 걸까? 지금 생각하면 그 어린 날 무슨 단어 개수가 그리 많아 허황된 공상으로 머릿속이 와글거리는 나날이었을까.

뒤란으로 통하는 쪽문 창호지에 달빛이 머물면서 나뭇잎 그림자만 데려와도 가만가만 설레던 마음, 마음이 그려내는 그림들이 그리 기뻤던 날이 있었다. 드문 일이었지만 지나가는 차에서 잠깐 비치는 불빛에 어른대며 비틀비틀 사라지던 사람 그림자가 혹시 임시정부에서 보내온 밀사? 호기심의 촉수는 있는 대로 늘어나 이제나 저제나 담을 넘는 소리가 나지 않을까 손에 땀을 쥐며 잠을 못 이루었다. 마음에 닿는 것들 하나하나가 몹시도 다급한 고민이면서 가슴 터지도록 벅차는 살아있음의 환호였던 시간, 나도 어디엔가는 쓸모 있는 사람일지 모른다는 기대였을까? 과대망상으로 현실을 도피하는 방법을 찾는 중이었을까. 낮이 되면 또 어른들한테 치이면서, 독한 말로 상처를 받으면서 어려운 일을 해야 할 테지만 한쪽 면에 그런 그림판을 지녔다는 것은 수월하게 숨 쉴 틈새 만들기였을 터인데, 아무도 그런 얘길 발설하지 않는 걸 보면 남들은 굳이 그런걸 찾지 않아도 갑갑할 게 없는 세상을 살아낸 게 아닌가 궁금할 때가 있다.

같은 걸 느끼고 같은 걸 생각하며 나도 그 평균치는 되는 사람으로 인정받고 싶은 때문일까. 너무 작고 시시해서 누구 눈에 뜨일 일도 없는 마음자리들을 공감하는 상대가 없었으므로 혼자서도 가능한 건 오직 공상하는 일이었겠지만, 숱한 날들이 다 어디로 가고 이제는 일마다 효용가치를 따지러 드는 내가 아무 일에나 '그걸 뭐하러?' 물음표나 걸쳐 놓다가 만다. 콩밭고랑에 떨어지는 별뉘나 만지작거리던 얘기며 고개 숙인 수수이삭 그림자들이 칠칠이 이동해가던 벽면이 확대되어 광활한 대륙이 되던 그런 게 뭐 어쨌다는 거냐고 한다면 나는 한바탕 비어있는 빈터, 사람과의 소통을 못 배운 지대에서 현실성이 배제된 망상 하나가 정말로 그렇게 숨을 쉬고 있었던 걸까? 돌아보면 자폐의 세월이 때때로 나를 어리둥절하게 만든다.

옛날에– 하면 우선 노인네 같다고 애들이 싫어하는 말투지만 요즘들어 나도 모르게 잘 튀어나오는 옛날에–를 어찌 처리할까 생각해본다.

3부 | 참새가 있는 뜨락

어느 꽃 선물

꽃다발을 선사받았다.

소설가 ㅅ선생이 가져온 건데, 오는 길에서 꺾어 만들었다고 하였다. 마른 풀이삭들의 호위를 받으며 웃고 있는 코스모스와 들국화가 제법 청초하다.

약간은 익살이 섞인 야생꽃 묶음. 사람의 손에서 길러진 화려한 꽃에서는 잘 느껴지지 않는 짙은 정감이 어려 있다. 그 때문일까. 까마득 잊고 살았던 어느 세월 기억의 편린들이 형체 지을 길 없는 냄새로 빛깔로 바람으로 반짝이며 다가온다.

내가 받아본 드문 꽃 선물 중에는 오랜 시간이 지났어도 잘 잊혀지지 않는 게 있다. 철따라 피어나는 들꽃과 함께 풀잎처럼 돋아나는 기억. 어느 봄날이었다. 누리가 신열을 끓이듯 어질머리를 앓는 아지랑이 탓일까. 그날따라 보리밭을 매기가 싫었다. 밭고랑에 앉아 손은 놀리지만 목이 꺽꺽 막히도록 차오르는 것. 슬픔인 듯 슬픔도 아닌 감정에 치이면서 그렇게 긴 봄날 하루가 저무는 시간이었는데, 누군가가 성큼성큼 보릿골을 건너뛰면서 다가왔다.

외가 쪽으로 먼 친척뻘이 되는 동네 오빠였다. 누런 봉지 하나를 건네주고는 말도 없이 보리밭을 건너질러 가버렸다. 회푸대 종이가 갖가지 포장재 노릇을 하던 때였다.

투박한 봉투를 겉에서 눌러봤지만 내용물을 짐작하기 어려워 거꾸로 쏟았다. 치마폭으로 부스스 쏟아지는 제비꽃이 한 홉 가량이나 되었다.

꽃대를 뿌리쪽에서부터 잘랐대도 짧은 제비꽃을 손 가는 대로 똑똑 따 담았으니 무슨 볼품이 있겠는가. 거기다 겉으로 눌러본 탓에 으스러져서 더욱 우울한 진보랏빛으로 지는 햇빛 속에서 가라앉고 있던 꽃. 그 봉지 속에는 제비꽃 말고도 반듯하게 접힌 쪽지가 더 들어 있었는데, 그냥 곱게 접었을 뿐 앞 뒤 어디를 봐도 점 하나 안 찍힌 백지였다.

'또 장난이지!'

평소에 싱거운 짓을 잘하는 사람이니 그러려니 하면서도 어이가 없어 풀썩 웃음이 나왔다.

그 후로는 개나리, 골담초, 진달래, 미나리아재비, 망초, 쑥부쟁이 철따라 지천으로 피어나는 들꽃을 백지편지와 함께 받는 게 예사로운 일이 되었다. 그걸 받을 때마다 무슨 짓이냐고 캐묻고 싶어도 정색을 하고 물어보기도 쑥스럽고, 그 답을 들을 일도 뭔지 모르게 두려운 느낌이 들어서 그냥 덮어두면서 계절이 가고 또 계절이 왔다.

여느 때는 말이 잘 통하는 친구로 허물없이 지내다가도

꽃봉투를 건네주는 날은 잔뜩 화가 난 듯 무섭게 느껴지던 사람, 무심한 척 그걸 받아서 아궁이에 넣는다거나 다른 사람의 눈에 띄지 않게 치우면서도 묘한 죄책감에 시달렸다. 세상 모두를 향해 저항하고 싶은 감정과 맞서 있는 그것이 어떤 심리였는지 간추릴 수는 없지만, 십대 후반기의 내 날들에 얼룩처럼 무늬지고 있었다.

그 해에도 행길가엔 코스모스가 흐드러졌다. 그 길을 가노라면 하양 빨강 분홍의 꽃무리들이 끝없이 그렇게 팔랑거리며 이어져서 내가 디뎌 오길 기다릴 것 같은 생각이 들곤 했다. 떠나고 싶었다. 암울한 내 현실들을 모두 벗고 미지의 세계로 가고 싶다는 감정은 진한 외로움을 타게 한다. 그날도 그런 감정에 부대끼며 종일 밭일을 했다. 몸도 마음도 지칠 대로 지친 채 밭에서 돌아와 느릿느릿 펌프물을 끌어올리고 있는데 그 오빠가 왔다. 우선은 그냥 반가웠다.

그런데 또 봉지를 내미는 거였다. 나는 누군가와 얘기를 하고 싶은데, 말이 고파서 가슴이 터질 것 같은데, 세상엔 말이 통할 수 있는 아무도 없어 이렇게 깜깜한데, 절망 같은 봉투를 받아들면서 목으로 차오르는 감정을 삼키며 마루에다 봉투를 던졌다. 손이 젖어 있는 상황도 상황이었지만, 지치지도 않고 똑같은 짓을 지루하게 반복하고 있는 사람에 대한 항의도 그 던짐의 동작 속에는 들어 있었으리라.

"너는 무슨 애가 그렇게 멋대가리가 없니?"

"내가 그렇게 한갓져 보여?"

목까지 차오르던 울적함이 엉뚱한 분출구를 찾아 엉뚱한 색깔로 튀고 있었다. 나도 모르게 심히 비틀린 말투가 되었던 것 같다. 그런데 의외였다. 여느 때는 내가 좀 심하게 대해도 언제나 손윗사람 행세를 하며 너그럽게 이해하던 사람이 그날은 감정이 몹시 상한 기색이었다. 아마 코스모스 꽃이 들어있지 싶은 그 봉투를 다시 집어 들더니 뚜벅뚜벅 발소리를 내며 가버렸다.

그 뒤로는 모가지 잘린 꽃이나마 선물로 받을 일이 없어졌다. 막상 끝이 나고 보니 조금은 아쉽다는 느낌이 들었다. 제비꽃이 오종종 피어나는 밭둑을 가거나 들국화가 활짝 웃는 산길을 지날 때면 더욱 그랬다.

우체국에 다니던 그 오빠는 아마 퇴근길에 언덕 아래 밭둑이거나 행길가에 엎드려 꽃을 땄을 게다. 그 행위에 내포된 복잡한 감정까지 내가 어쩔 수는 없었다 해도, 결 고운 언어들을 있는 그대로 읽어주는 일조차 왜 그토록 겁을 냈을까? 돌아보면 너무 경직된 채 걸어온, 그래서 늘 상실감만 가득했던 내 세월들이 봄날 사금파리 마냥 기억 모서리 여기저기에 돌출해 있어서 마음을 베이곤 한다.

많은 세월이 흐르고 꽃마다 나름의 밀어로 다가오는데, 내가 전에 받았던 들꽃들에게 부여되었을 의미기호들이 아픈 찔림으로 느껴질 때가 있다. 무지하다는 것이 어느 면에서 감정 관리에 편하긴 하지만 그 무지로 인하여 누군가가 상처를 입었다면 사죄하고 싶다. 좀 더 현명했더라면 고운 의미를 덧내지 않고 곱게 간수할 수 있도록 서로 도울 수도 있었을 텐데 말이다.

지금 이 땅 어딘가에 그 사람이 살아 있어서 함께 얘기할 기회가 온다면 얼마나 좋을까. 코스모스 꽃묶음을 보다가 문득 그런 생각을 한다. 그렇다면 여전히 멋대가리 없는 말투로 농담인 양 내 잘못들을 애기하면서 웃을 수 있을 텐데.

재채기가 나서 잠을 깼다. 일어나기는 아직 이른 아침, 정신을 차리고 보니 가슴은 답답하고 콧물은 줄줄 흐르고, 몸의 상태가 비상사태다. 머리맡에 놓고 잔 마른 들꽃 이삭에서 날린 솜털과 꽃가루가 또 말썽인 거다. 잽싸게 항알러지 약을 먹고 꽃다발을 창밖으로 내다놓고 물걸레질을 한다.

오늘은 꽃을 곁에 두어도 알러지 증세를 안 일으킬 것 같은 감정이 언제나 문제다. 어젯밤에도 그런 예감이 들기에 꽃을 놔둔 채로 잠을 잤는데, 영락없이 이 노릇이다. 이제 또 얼마쯤 생의 귀퉁이를 귀찮고 괴로운 증세들에게 내주어야 하는 시간. 슬슬 열이 오른다. 쫓겨난 꽃들에게 또는 꽃을 가져온 사람에게 미안한 맘이 들어 창밖을 본다. 막 솟아오르는 햇살을 받아 코스모스 꽃잎들이 투명하게 빛나고 있다.

누가 저것들을 저리 곱게 지어놨을까. 열 때문일까, 꽃묶음 둘레로 무지개가 서린다.

참새가 있는 뜨락

구겨서 던진 휴지가 뒹구는 식으로 무언가가 뜰로 툭 떨어졌다.

여기까지 날아 온 것이 신기할 정도로 날갯죽지며 가슴패기며 군데군데 뜯겨진 털자리가 벌겋게 노출되어 있는 참새였는데, 다리도 상했는지 가까스로 움직이고 있었다. 어디서 새 그물에라도 걸렸던 것일까. 죽을 고비를 간신히 넘긴 모양인데, 그래도 살겠다고 위험한 사람 곁에까지 와서 먹이를 찾아 두릿대는 모습이 측은하여 놀라 달아나지 않도록 숨도 크게 못 쉬고 지켜보게 됐다.

뭐 기찬 꼴을 볼 거라고 저리 살려고 바둥댈까. 생존하려는 악착스런 욕구가 찡한 울림으로 밀려온다. 던져지듯 내게로 온 그날부터 그 새는 우리 집 단골손님이 됐고, 뜰 구석 어딘가에 늘 그 손님의 모이가 될 만한 것을 흘려두는 임무가 내게 주어졌다. 쌀을 일어 밥을 안칠 때마다 설거지물을 버릴 때마다, 그 참새는 여전히 툭 떨어지는 식으로 나타났고, 모이를 다 주워 먹을 때까지 동작의 폭을 줄이며 조심스레 행동해야 하는 것이 내 몫이 됐다.

올 만한 시간에 나타나지 않으면 기다려질 만큼 낯이 익어가면서 아주 조금씩 나는 동작이나 움직임이 날렵해졌다. 이제는 정이 들어서 얼마쯤은 날 믿어주겠지 싶어 조금 큰 동작으로 다가서면 포르르 날아올라 경계의 끈을 조금도 늦추지 않았음을 알려온다. 그런 참새의 모습에 은근히 서운하다가도 언젠가는 내가 제게 '요주의 대상'이 아닌 가까운 이웃임을 깨닫겠지 기다려 보기로 했다.

며칠 폭우가 쏟아졌다. 물난리를 치르느라 정신을 못 차려 잊고 있었는데, 비가 개이고 뜰이 마르자 문득 그 참새 생각이 났다. 성치 못한 몸으로 어디서 목숨이나 부지했을까. 비에 젖어 잘못되었기 십상이지 생각하면 살아서 꼼지락대는 존재들의 가엾음이랄까, 시야에 닿는 모든 것이 심란스러워지곤 한다.

알아볼 만큼 하늘이 저만치로 높아져가고 있다.

찰! 찰! 찰!

마른 깻단 두들기는 소리가 맑은 하늘가로 경쾌하게 퍼져가는 초가을 오후, 이젠 내게서 까맣게 잊혀진 줄 알았던 새가 깨를 털고 있는 마당가로 사뿐히 내려앉았다. 이젠 꽁지털도 제법 자라났고 털 빠진 자리도 보이지 않아 누가 봐도 참새로 봐줄 만하게 회복되어 다른 참새들 속에 넣어도 별로 다를 게 없겠는데도 한 눈에 '너로구나!' 들이닿는 느낌.

뭐라고 해야 정확할까? 이런 기분, 그냥 반가움이라 말하긴 미진한 감정인데, 내가 그 새에게 뭘 얻고자 기대하는 게 있을 리 없고 또 도움을 베풀 무엇도 지닌 것은 없으나 그냥 마음을 보내서 좋은 기분, 인연이 안 닿는 것을 안타까워할 일도 없고 내 마음 못 알아준다고 서운할 일도 없고 굳이 소유하고 싶어 속을 끓일 일도 없는 대상, 그냥 다시 만나 반갑고 살아있어 줘서 고마운 마음이랄까. 보상심리가 끼지 않은 상태의 그런 감정은 넉넉한 마음자리를 가질 수 있게 한다.

사람과 사람 관계에서도 그런 감정은 여유와 너그러움을 지니고 살 수 있는 터가 되어 주리라. 그냥 묵묵히 바라봐 주고, 지지해 주고, 마음으로 응원하면서 그가 한 하늘 밑에 살아있는 것을 고마워하면서 아무 것도 욕심내지 말고, 마음 보내진 그만큼 되돌아오길 기대한다거나 그 어떤 반응도 바라지 않고 다만 지켜 볼 대상이 있다는 그 하나로 행복스런 관계, 그의 발길이 스쳐 지났다 하여 의미로운 길이며, 그가 살고 있어서 아름답게 느껴지는 도시며, 그의 숨 쉼으로 정다운 공간… 하찮은 것에까지 마음을 머물게 하는 그런 관계는 삶을 살아봄직한 좋은 것으로 빛나게 한다.

세월이 날아가는 느낌이다. 가속도가 붙어 정신없이 사라져 가는 시간들. 봄인가 했는데 어느새 가을. 이 가을날을 위해 나는 무엇을 여물려 놨을까 돌아보아야 할 시간이다.

좋은 가치들이 깃들 수 있는 여유의 뜨락, 병들고 약한 존재들이 기댈 수 있는 넉넉한 사랑의 뜨락을 마음 안에 가꾸며 살고 싶었는데 늘 한계에 닿는 느낌과 싸우게 되니 씁쓸한 일이다. 그래도 오늘은 참새가 살아서 돌아왔다. 벼논으로 몰려드는 극성스럽고 얄미운 여느 참새가 아닌, 정다운 의미로 내 뜨락에 내려앉은 작은 새 한 마리.

아주 작은 기억 하나가

친정집 뒤란에는 사과나무 한 그루가 있었다.

사과가 열린 것을 본 적이 없는 구새먹은 나무였는데, 그리 칙칙하고 험상궂은 몰골로도 봄이면 어김없이 새순을 내밀고 가지마다 꽃을 피워냈다. 인조견 새물내 같은 사과꽃 향기가 엉성한 가지 사이를 감고 도는 날이면 노을빛도 그렇고, 예배당 종소리도 유난히 은은했던 기억이 난다.

종소리가 떼응~ 떼응~ 울릴 적마다 연분홍 꽃잎이 파르르 떨어져 내리곤 했다. 처음엔 한 소리에 한 잎씩 내리다가 산들바람이라도 스치면 종소린지 꽃잎인지 풀풀풀 얽혀 어지럽던 낙화.

사과나무에 등을 대고 오래 서 있는 그런 날은 가슴으로 차오르는 먹먹한 게 있었다. 주변에 보이는 모든 사물과 그 속에 얼크러져 있는 내 몸과 마음이 아무것도 아니게 스러지고 나면 무엇이 대신 그 자리를 채울까, 이름 붙일 수 없는 갈증이랄까 중력에서 놓여난 느낌이다가 세상이 온통 비었다는 자각이다가 그게 어떤 감정이었는지 오랜 세월

동안 보태지고 덧칠되어 원래의 것에서 거리가 생겨 이제는 이름으로 마땅한 단어를 찾는 시늉도 접었지만 그런 저런 느낌들이 있었다.

모든 자연물이 내게로 와서 기억 속에 입력될 때는 그것 나름의 음률과 색조와 냄새를 띤다. 그래서일까, 지극히 단순한 것도 그걸 꺼내는 일은 총체적 인식이 필요한 것 같다. 그런 점은 어떤 일을 판단하거나 규정지을 때 도움이 되기도 하지만 혼란을 일으키는 요소도 된다. '사과꽃'하면 그 꽃만 떠오르면 선명할 텐데, 종소리에 눌리듯 추녀 밑으로 깔리던 저녁 연기와 인조견 옷자락과 낙조, 어느 무엇도 별게 아니라는 밑도 끝도 없이 까라져 내리던 감정 따위가 찰나에 뒤범벅이 되어 스치는 식이랄까. 더러는 이름을 집어낼 만큼 의식의 표면에 뚜렷이 떠오르기도 하고 더러는 이내가 끼이듯 생각의 둘레에 그림자로 남아 존재할 듯 존재하지 않는 안타까운 무엇이 된다. '사과꽃'이 동그란 구슬이라면 그 나머지 것들은 주변에 돋아난 돌기 같아서 '기억'이라는 모체에 사과꽃을 붙어있게 붙들어 주는 역할을 하는 조역일거란 짐작을 해볼 뿐이다.

사람의 생애에서 호기심이나 기억력이 가장 왕성하다는 유년기와 소년기에 나를 둘러쌌던 질료들이 너무 황량하고 척박했다는 느낌이 들면 비길 데 없이 억울하다는 생각을 하곤 했다. 그러나 그런 것들이 개인의 정신사에 많은 부분 그늘을 드리우고 우울한 얼룩을 만들어 곱지 않은 거스러미를 일으키는 원인이 되었다. 해도 이제는 억울하게 여기지 않기로 한다. 그렇게 나를 스치고 간 시간들이 감각기관을 거쳐 나오면서 고유의 의미로, 가치로 새로 만들어졌음을 짐작하여 그게 내 개성으로 존재한다는 것을 느끼는 까닭이다. 어린 날 심성에 윤택이나 평화 같은 밝고 부드러운 것이 많이 닿았어야 하는데 결핍이나 장애 따위 어둑하고 우울한 것들에게 더 부대껴 왔으므로 형성된 게 내 성격이고, 그 성격이 만들어 경영하는 그게 개인의 역사라면 움츠러들기만 하는 마음이나 부실한 건강상태까지도 어쩔 수 없이 예정된 내 몫인 것, 걸핏하면 주눅부터 드는 감정일지라도 이젠 스스로 긍정해야 할까보다.

언제나 고운 종소리를 날려 보내는 보리밭 너머 그 교회에 가보고 싶었다. 어쩌면 저리 고운 소리일까. 동경의 대상으로 저만큼 언덕 위에 물러앉아 있던 성채, 그것은 내게 가장 먼 동화의 나라였다. 한 마디 할 때마다 우리 집에선 그대로 법이요 진리로 통했던 우리 어머니. 사람 못된 것들이나 가는 곳이 교회라던 옴나위할 수 없는 그분의 율법에 묶여 그곳에 발걸음을 못해본 채 친정을 떠났다.

그날도 혼자 마늘을 심었다. 가라앉아 땅으로 스며들 것 같은 심사로 하루 해를 채우고 그만 심어야지 일어서는데 갑자기 눈앞으로 달려드는 낯설음, 손가락 하나 까딱할 수 없는 무력감과 함께 밀어닥친 그것은 나를 배타하는 기운이었다. 하늘도 소나무 숲도 하루 종일 일한 밭두둑도 나와는 무관한 낯설음으로 나를 외면하고 있을 때, 정지했던 호흡을 풀 듯 그 소리가 들려왔다.

떼응~ 떼응~ 떨어져 날리는 투명한 사과꽃잎! 삼십여 년 전 저만큼에서 누가 나를 부른다는 자각이 깜짝 놀랄 만큼 강하게 왔다. 누군가 나를 간절히 찾고 있다는 자각. 나도 누군가에겐 꼭 필요한 존재라는 느낌이 하늬 결에 실려와 그 떨림의 파장을 끌고 가슴으로 박혀드는 것이었다.

만리포교회 저녁 종소리였다. 교회 종소리가 그 저녁에만 났을 리도 없는데, 왜 그토록 새로웠을까. 모를 일이다.

그날은 교회 문앞까지 갔다가 들어가진 못하고 바닷가만 거닐다 돌아왔지만, 그 뒤로는 종소리와 함께 기분 좋은 그 느낌이 가끔씩 나를 찾아왔다. 누군가에게 내가 소중한 존재일지도 모른다는 어렴풋한 그것은 참으로 따뜻하고 부드러운 감정이었다.

누구든 개인의 역사는 절실하고 소중하다. 객관성을 결여하는 탓에 어이없이 과장되기도 하고 미화되기도 하지만 세포분열을 거듭하는 기억들은 그 알맹이가 아주 하찮고 희미한 경우가 많다. 기억되기 위하여 사용된 소품 하나하나가 그 자체로서 의미일 것은 없으나 그것에 곁들여지는 정서가 기억이라는 다발을 만들고, 특별한 뜻을 부어 비로소 내 안에 들어앉을 권리를 차지하게 되는 것 같다.

예전에 사과나무가 섰던 자리에 지금은 감나무가 자리잡아 가을이면 탐스런 감이 도비산을 배경으로 주저리주저리 익는다.

어머니가 따오신 감을 먹으면서 구새먹은 사과나무를 떠올릴 때도 있고 그렇지 않을 때도 있다. '사람 못된 것들이나 그런디 가는겨' 금방 귓가에 내린 듯 생생한 어머니 음성에 섬뜩하여 내 신앙의 자세를 점검해 보면서, 이런 것들이 무얼까 석연치 않다는 생각을 할 때도 있고 밥 잘 먹고 잠 잘 자고 무뎌져서 무심할 때도 있다.

똑같은 상황에서도 어느 때는 끌려 나오고 어느 때는 바닥에 가라앉아 숨죽이는 기억, 그 심상작용들의 얼개를 몰라 답답한 날은 두려움도 함께 만난다. 아주 작은 기억 하나가 갑자기 튀어 올라 그 사람의 인생관을 바꿔놓거나 그의 삶에 커다란 영향력으로 닿는 걸 볼 때 만물의 배후에 숨겨져 있는 '지성' 그 무한의 숨결을 감지하는 까닭이다.

았고 애들이 얼씬대지 않아 온전한 꽃세상이랄까, 그래서 다른 집 울밑에서 피는 꽃들과는 격이 달랐다. 고모네서 보는 건 온전한 아름다움을 보는 거라고 해야 맞을 듯한데 아무튼 세상에서 가장 탐스럽고 건강한 꽃이 고모네 꽃일 터였다. 풋풋하고 싱싱하게 철따라 피어나는 꽃이 있어 더 환한 집, 고모가 부를 때는 만화책을 빌려온 날이거나 편지가 온 날, 고모에게 만화책을 읽어주고 편지를 읽어주고 또 칭찬을 들으며 편지를 써주느라면 깜깜한 밤길을 걸어 집에 돌아갈 무서움 따위는 아무 것도 아니다 싶게 즐거웠다.

그 시절 부석 시장에도 만화책을 대여하는 곳이 생겨서 성업중이었는데, 한 권에 얼마씩 주고 빌려다보고 돌려주는 식이었다. 초등학교에 다니던 내게 만화책은 언감생심 그림의 떡이었으므로 책이 귀하던 시절에 그런 횡재 같은 일이 일어날 수 있었던 것은 감사하게도 고모가 글을 읽을 줄 모르는 덕이었다.

큰 키에 늘씬한 몸매로 귀티가 흐르는 고모, 여름에도 하얀 양말을 신고 사는 고모, 사철 흙속에 후지른 맨발만 보아온 내 눈에는 그런 고모가 특별한 사람으로 보이는 게 당연하였다. 고모가 한 손을 얼굴 높이만큼 들어 손짓하는 그 부름의 신호처럼 품위가 넘치는 동작이 또 있으랴, 나를 부르는 그 신호가 떨어지면 만화책이 있고, 군것질 거리가 있고, 아름다운 꽃들이 흐드러진 집으로 마음부터 먼저 달려가는 것이다. 항상 숨이 턱에 차서 들어선 고모의 방, 고모는 찐 고구마 두어 개를 예쁜 접시에 담아 내놓거나 내가 좋아하는 풋감 우린 걸 준비하거나 했는데, 그런 날은 편지를 소리 높여 읽고 또 읽어드리면서 밤이 이슥토록 만화책을 보았다. 어머니 찾아 삼만리, 이길 저길, 수길군, 홍길동전, 그 맛깔스런 그림과 이야기의 어우러짐, 고모와 나는 손에 땀을 쥐며 책장 넘어가는 일을 아쉬워하며 웃고 울면서 느낌을 공감하고 소통이 하나 되는 상태, 죽이 맞는다는 말로는 미진할 정도로 가까웠다. 세상에서 내 마음을 가장 잘 이해하고 역성 들어줄 사람, 고모와 함께 거기 있다는 게 복스러웠다. 다시 생각해봐도 내게 드물게 오는 행복하다는 느낌이었던 것, 더 바랄 게 없을 것만 같은 채워짐의 시간이었다.

고모가 불러주는 몇 줄 안 되는 이야기에 살을 붙여서 긴 편지를 쓴다거나 소리 내어 읽어내려가면 그렇게나 좋아하던 고모, "어떻게 그런 생각이 났다니? 나도 안 나는 생각을 넌 참 잘한다야- 넌 다음에 편지만 쓰고 살어도 되겄다."고 했다. 고모는 글이란 것의 효용가치라면 편지 쓰는 일을 최상으로 쳤을 테지만, 그때만은 고모와 내가 의견이 갈리는 것인데 물론 겉으로 말을 내지는 않았지만 나는 만화책을 쓸 것이라고 마음을 다지곤 했다. 내가 그린 만화책을 보여준다면 고모가 얼마나 좋아할까. 아마도 깜짝 놀라 감탄도 제대로 못하시겠지? 그러니 만화를 그린다면 편지보다는 한 격이 올라갈 것 같았다. 편지만 쓰고 살아도 되겠다는 말도 진정이 실린 칭찬인 것을 잘 알 수 있으므로 그 칭찬을 받는 맛도 각별한 일이었으며, 늘 군것질 거리가 준비되어 있고 만화책의 그 찰진 재미가 있고 나를 잘 알아주는 고모와 함께 있는 시간은 생각할수록 감격이었다. 집에서 들어본 적 없는 칭찬, 무언가 내 능력 이상으로 자라올라 거대해지는, 또는 환해지는 느낌으로 벅차곤 했다.

초등학교를 마치고 집을 떠나기까지 고모와 나의 밀착관계는 그렇게 계속되었는데, 내가 집을 떠난 뒤 고모의 편지는 누가 읽어주고 써주었을까. 자존심 강한 고모에게 만화책은 누가 읽어드렸을까. 이제야 문득 궁금해져서 가슴이 멍멍하고 짠한 게 오래가곤 한다. 고모부가 군대에 가 계실 그 삼년 동안 주로 읽어낸 게 만화책이었고 편지도 거의가 고모부에게 보내는 거였을 터인데 퍽 오랜 기간으로 기억되는 걸 보면 고모부가 돌아온 뒤에도 이어져 왔던 일이지 싶다.

이제 생각해보면 '철이 없었다'는 한 마디로 다 뭉뚱그려 치울 수 없는 석연찮음이 있다. 집을 떠나 한 목숨 부지하고 살기도 버거운 나날이었으므로 고모를 생각할 겨를이 없었다는 변명도 맞는 말이긴 한데, 고모와 나 사이에 한통속이 된 듯 감돌던 그 따뜻한 흐름이 내 떠남으로 어느날 무뚝 끊어져버렸는데 책을 읽으며 그림을 보며 함께 울고 웃던 시간들은 무엇이었을까. 그런 걸 돌아보고 어쩌고 할 여유가 없었던 내 어린날 역시 가여워지는 대목이다. 물론

떠남이나 돌아옴이 내 의지로 이루어진 일들이 아니지만 남의 애들에게 잘해봤자라는 말은 맞는 말 같다.

부석면 취평리, 친정집은 흔적도 없이 철거되고 우리의 어린 노동이 묻힌 전답들이 여러 손을 거쳐 지금은 누구 소유인지 알 바 없이 되었지만 그곳엔 고모네가 있고, 아직도 그 분위기를 거느리고 살아가는 고모가 계신다는 사실이 '불현듯'이라는 옛날에 쓰던 낱말까지 데리고 나온다. 따로 시간 내기가 어려우니 엄마에게 다니러 가는 날 들려야겠다고 언니와 함께 찾아갔던 취평리 고모네, 거기엔 백발의 고모가 차멀미로 누울 자리부터 찾는 우리를 맞아주셨다. 정갈한 성격 그대로 여전히 다감한 실내 분위기, 거실에 들여논 화분 하나에도 고모의 손때 좋은 화초 기르는 실력이 발휘된 듯 탐스러웠다.

너는 유난이 몸이 약했느니라고 오랜만에 만났어도 먼저 내 이마를 짚어보는 고모, 고모의 잠자리에 누워 차멀미를 진정하노라니 사물사물, 마파람이 일 듯 어떤 날들이 살아나고 있었다. 발소리 안 나게 고모가 마루를 밟고 다니는 소리, 부엌에서 달그락거리며 기명들을 다루는 소리, 옛날과 똑같이 조심성스런 그 소리를 내고 있는 것이다. 우리는 밥 못 먹는다고 알려서 고모가 상을 차리는 수고를 막아야 하는데 나는 저 소리를, 저 사분사분한 다정을 중단시키기 싫어 가만히 누워 있다. 그냥 이렇게 잠들어보고 싶다는 생각이 간절한 탓이다.

실내가 어둑해서 그럴까, 창에 드리운 커튼의 아라베스크 문양이 도드라진다. 쪽창에 드리운 커튼 하나에도 정성이 들어갔구나. 물론 옛날 고모가 직접 수를 놓은 그 자수커튼이 아니긴 하지만 정성들여 고른 흔적은 역력하다. 고모답다. 고모는 그렇게 살아오셨을 것이다. 내 기억에 없는 그 오십여 년의 공백을 여전히 그렇게 정성들여서 한 땀씩 수놓 듯 말이다.

내가 잠든 줄 알고 살그머니 다가와 짚어보는 이마에 따뜻한 고모 손이 새겨지고 있다. 누가 내 이마를 이렇게 정갈하게 짚어준 적 있었나, 생각은 오래 거슬러 유년 저쪽 어느 날부터 뒤지기 시작한다. 고모에게 눈물 같은 걸 보여선 안 되는데 뭔가 자꾸만 서럽고 애틋하다. 고모를 잊고 살았다고 생각했는데 고모는 지층으로 스며든 물줄기처럼 사막의 와디처럼 내면을 흐르는 지하수였구나, 나를 기른 것들이 수많을 것이지만 아마도 고모의 몫도 상당하리라는 자각을 한다. 우리 고모, 내가 떠난 뒤로도 만화책을 읽었냐고, 누가 편지는 써드렸냐고 묻고 싶은 걸 마음 저 밑으로 누르며 일어선다.

아무리 봐도 유복해 뵈지는 않는 고모의 사정을 걱정하며 '컨테이너 집'이라 부르는 조립식 집을 나서며 감나무를 찾아본다. 단감이 엄청나게 열리던 젊은 날은 가버리고 집 뒤꼍으로 밀려나 우듬지는 베어진 채 몰골이 신산스럽다. 고모네 한 번 들리는 데 오십년이 걸렸으니 언제 또 오게 될지 계산이 아득하다. 생각은 내일 당장 또 오고 싶지만 내 게으름을 내가 아는데 나머지는 뻔해서 서운하게 돌아선다. 내 한 시절을 빛나게 보듬어 주셨던 고모, 지천꾸러기 아이가 괜찮은 대접을 받으며 자신을 향한 긍지를 갖도록 다독거려준 고모, 그 집을 나서며 우리집이 있던 동쪽을 눈여겨보지만 감나무 밑에서 고모가 손을 친다해도 이제는 높은 건물들에 가려 보일 리 없이 된 그 불통의 거리를 눈으로 재어본다.

우리가 탄 차를 향해 오래 손을 흔드는 구부정한 백발의 노인, 내 기억속의 새댁, 그 우아하던 세월을 겹쳐본다. 황사예보도 없었는데 짙은 흙바람 부는 취평리, 전보다 훨씬 낮으막해 보이는 도비산도 그렇고 시간이 발효되어 쿰쿰한 팡이실을 늘여내고 있다.

내게 마땅하므로

가슴이 심하게 두근거린다. 책을 펴 들면 일어나는 증상이다.

언제부터였을까. 알 수는 없지만 책을 읽거나 글을 쓰는 일에 죄의식을 느낀다. 책을 앞에 놓고 앉으면 우선 주위의 소리에 민감하여 가슴으로 호드득거리는 무엇이 들어와 자리 잡는데, 그런 자각들을 스스로 짚어보고 오랜 세월 다독이며 잠재우는 일에 노력하지만 몽땅 갈앉아 주지 않는 고질이다. 어릴 적에 책을 읽다가 들키면 어머니께 호된 야단을 맞곤 했던 기억 때문인 것 같은데 얼마나 더 많은 세월을 들여야 편안한 마음으로 책을 대할 수가 있을지 쓸쓸한 느낌과 마주 서게 된다.

활자로 찍혀 나온 인쇄물이 무척이나 귀했던 도비산 밑 마을, 열 너댓 살이 되도록 동네 밖으로 걸음한 일이 없이 살았다. 문자로 된 것이면 무엇이든 탐했던 그땐 읽는다는 일이 바깥세상을 내다보는 유일한 창구였다. 그러므로 미지에 대한 동경이나 바람도 그만큼은 왜곡되고 일그러져 엉뚱한 모습을 하고 있었으리라. 내 의견을 가져선 안 되는 세월 속에서 탐할 것이라곤 읽는 일 뿐이었지만, 손에 닿는 읽을거리란 게 너무 빈약했고 제한되어 있어서 습지처럼 닿는 대로 빨아들이던 아까운 감수성의 시간들을 허송했다는 생각이 든다.

하루치의 들일이 끝나는 저녁나절이면 식구들 몰래 등잔에 석유가 얼마나 남았나 마음을 쓴다. 빌려온 책을 감춰뒀는데 기회가 안 와서 마른 등잔으로 밤을 맞게 되면 그런 낭패가 또 없다. 눈치껏 석유를 준비해 두고 모두 잠들기를 기다려 누워 있노라면 감은 눈꺼풀 위로 활동사진처럼 와글와글 흐르는 것들이 있었다. 잠시 후에 읽게 될 책의 내용을 상상한 것이거나 기억체계 속에 들어있을 아무런 까닭이 없을 듯한 그림들이 환상처럼 돌연히 일어났다 스러지는 현상, 이름도 제목도 없는 영상들이 들끓었다. 외부에서 억눌려 있던 모든 게 내면의 심상 속으로 자유스럽게 돌아와 활발한 활동력을 갖는 거였을 게다.

드디어 모두 잠이 든 시간, 이불 속에 등잔을 켜고 책을 읽기 시작한다. 공기가 차단된 이불 속에서 석유등잔의 그을음에 목이 따갑고 눈이 아프지만 그런 것은 아랑곳할 건더기가 못되었다. 불빛이 이불 밖으로 새어나갔다간 벼락을 맞을 일이어서 이불귀를 꼭꼭 눌러 오그려논 공간의 그 아늑한 맛이라니 오직 하나뿐인 살아 숨 쉬는 이유 같은, 목적 같은 거였다.

이지 생존을 농사일에 걸어 놓고 사는 일에 어디 만만한 구석이 있겠는가. 여간한 줏대가 아니고서는 '나'를 추슬러 사는 일이 때때로 버거운데 말이다.

현실적으로 그에게 일어나는 일은 모두 그 사람에게 적당하므로 일어난다고 했다. 그 사람이 견딜 수 없는 시련은 주어지지 않는다는 말인데, 과거나 현재 내게로 오는 것들이 좀 불만스럽고 무겁다는 느낌이 들면 그 말을 떠올린다. 내게 마땅하므로 일어나는 일이라면 책을 읽는 일에 죄의식을 느끼거나 글을 쓸 때 편한 마음자리가 될 수 없는 그런 따위가 무슨 불평거리냐.

껍질을 잡고 소란을 떨다가 정작 알맹이는 잃어버리기 일쑤인 사람살이에서 그래도 삶을 적당히 발라맞추듯 살지는 않았노라고 이제는 위안을 삼는다. 내게 가장 마땅하여 일어나는 일이라면 가장 구체적이고 직접적인 삶이 되도록 그 파장에 나를 밀착시킬 일이라 여기겠다.

마음 한 매듭 풀 수 있다면

담배 밭은 오늘도 갈매빛, 숨이 턱 막히도록 강렬한 진초록의 물결이다. 널찍널찍 시원스런 잎사귀 위로는 7월의 태양이 작열하고, 밭고랑에 주저앉아 하늘을 보면 우거진 담배 잎사귀 사이로 조금씩 보이는 하늘 조각들이 보석처럼 빛난다.

일본의 동방 '아리비가'라는 나라에 '담바고'라는 절세미녀가 있어 많은 남자들이 연모하였는데 명이 짧아 일찍 세상을 떠났다. 그가 떠났어도 사모의 정은 여전하여 애를 태우던 한 사나이가 담바고의 무덤을 배회하다 배가 고프고 지쳐서 죽을 지경이 되었다. 그리움은 그리움이고 우선은 살고 봐야겠어서 주변을 둘러보며 살길을 찾았더니 무덤 곁에 향기가 유난한 풀이 있는지라 잎을 따서 먹었다. 그랬더니 시장기가 가시면서 몸이 따스해지고 술을 마신 것과 흡사하였다. 그 후 이 풀을 연주(煙酒) 또는 상사초라 이름하여 만국의 남자들이 두루 사랑하게 되었다.

무더위 속에서 담뱃잎을 따다가 너무 허리가 아파서 흙땅에 등을 대어볼 때가 있다. 알맞게 눅눅한 흙의 촉감과 냄새—. 물론 비닐로 멀칭되어 조금밖에 안보이고 담배냄새에 가려져 온전한 흙의 향기랄 수는 없지만, 기진한 육신 구석구석으로 스미는 흙 냄새는 생명의 에너지가 되어 조금씩 활력을 찾게 한다. 그렇게 흙에 기대어 있노라면 생각의 가닥들도 많아져서 어느 때 무슨 책에서 읽은 건지 모르는 얘기들이 꼬리를 물고 살아난다. 냄새가 지독한 담배. 푹푹 찌는 듯한 복더위에 담배밭 일을 해본 사람이라면 향초 어쩌구 미화시킨 이름을 부르진 않았을 것 같다. 아무리 절세미인이 죽어서 환생한 풀이라 해도 내가 남자가 아니어서 그런가 담배 냄새는 여전히 지독하다.

밭에서 따 들인 담뱃잎을 한데 모아놓고 엮기 시작한다. 비닐끈으로 엮어나가는 일은 더위나 냄새, 몸의 피로만 아니라면 무척 재미있다. 잎을 따는 일도 또옥! 따악! 경쾌한 소리가 있어 재미있기는 하지만 엮는 일만큼은 못하다. 손을 재게 놀려가다 보면 어느새 한 줄이 가득 차서 햇볕에 걸어 마르게 두고 다시 시작하는 일의 재미를 어디에 비기랴. 끊임없는 반복 동작으로 목과 어깨가 불에 덴 듯 아프고, 손가락 살갗이 벗겨져 피가 흐르는 쓰라림 위에 풋담배잎의 진이 흘러들면 몸이 오그라들 듯 고통의 극을 이루긴 하지만, 비길 곳 없는 아픔을 참으면서 스스로를 바라보는 일이 어찌 고통뿐이랴.

이제 꾀가 나는가 농사를 짓는다는 일이 끝없는 싸움질 같다는 생각이 들 때가 있다. 농산물이 환금가치로 계산될 때, 특히나 그런데 현대를 살아가는 별 특징 없는 사람들, 그 보편의 시각을 갖고 있는 내가 극복하기엔 좀 힘에 부치는 면이다.

그러나 날마다 부질없는 줄다리기 같은 일들의 끄트머리엔 스스로를 이겨낸 보람이랄까, 잘 견뎌냈다 싶은 자신을 향한 신뢰 같은 무엇이 매달리기도 한다. 물론 흙 그 자체가 고맙고 대지의 품을 벗어나서는 한 계절도 살아 넘길 수 없음을 알면서도 토를 달고 싶어하는 설익음의 소치다. 손가락의 아픔이 극에 달하면 열이 오르고 두통까지 마중 나오는데, 그쯤이면 일의 능률이 떨어지기 시작하므로 견디는 일을 멈추고 집으로 들어온다. 끈끈하게 늘어붙은 담뱃진을 비누로 씻어내고 약을 바르고 상처 난 손가락마다 반창고를 붙인 후 아스피린을 두어 알 삼키면 중무장을 한 셈이다. 다 가신 건 아니지만 통증의 중량에서 놓여져 다시 밭으로 향할 때는 한 줄기 바람에도 기쁨이 스칠 만큼 가뿐한 기분이 된다.

담배는 씨가 무척 잘다. 너무 잘아서 묘판에 뿌릴 때도 손으로 뿌리지 못하고 물에 타서 물뿌리개로 뿌린다. 그렇게 뿌린 씨앗은 어린 아기 다루듯 온도 습도를 맞추고 다독거려야 싹이 튼다. 싹이 좀 자라서 핀셋 끝으로 잡힐 만큼 되면 육묘 포트로 옮겨야 하는데, 원고지 칸같이 빽빽한 포트에 담배모를 심어나가는 일 또한 만만하지 않다. 자칫 손가락에 힘이 들어가면 으스러져서 안 되고 살짝 집어 올릴 정도로 날렵하고 잰 손놀림이어야 한다. 그렇게 옮겨진 걸애지중지 키워서 본밭에 심은 후라도 안심을 할 수가 없다. 늦서리가 내려서 냉해를 입지 않을까, 병해를 만나지 않을까, 바람 불고 비 오는 일에 온 마음이 매달린다.

기온이 오르고 따가운 햇볕의 유월이 지나면 담배는 키를 넘게 자라서 담배 밭을 온통 초록빛으로 뒤덮는 장관을 이룬다. 이때부터 잎겨드랑이로 내미는 곁순을 지르는 일이 또 새로운 일거리다. 잘라도 잘라도 무럭무럭 솟아나는 생명력 앞에 기가 질릴 정도로 왕성한 자람이다.

담뱃잎에 살이 오르고 노르스름하게 약이 차면 드디어 수확기, 의장대 사열하듯 담배 사이를 지나 밭 가운데로 들어가면 세상과는 단절된 아득한 느낌이 거기 있다. 초록 일색의 딴 세상에서 또옥! 또옥! 경쾌하게 부러지는 싱싱한 담뱃잎의 소리! 잡다한 세상의 소리와는 격이 다른 맑은 울림이다. 어느 날 누군가가 이 담배를 피우게 될 때 이 맑은 소리가 향연(香煙) 속에 살아났으면 얼마나 좋을까. 담배농사를 지으며 흘린 내 땀과 생각들과 손가락의 쓰라림들은 어디로 날아가서 무엇이 되는 걸까. 참기 힘들던 쓰라림이 어느 자리 영광이나 환희로 흡수되고 청자나 백자, 수정 같은 단단한 껍질 속에 내 사유의 조각들이 갇힐 지도 몰라, 내 땀방울이 솔이나 도라지로 돋아나고 한라산 어느 기슭에 스밀 수도 있을까? 나도 모르게 밀어냈을 한숨이 라일락이나 장미 송이 속에 숨어 있다면 그걸 피우는 이에게 얼마나 미안한 일인가. 동화의 나라 같은 초록 세계에 묻혀 있노라면 생각도 동화스러워진다.

처음 담배농사를 지어보자고 생각했을 때는 조금 망설였다. 기왕에 농촌에 남아 농사를 하려면 이 세상에 득이 될 수 있는 식물을 심어야 할 텐데, 담배란 게 좀 그랬다. 있어도 그만 없어도 그뿐인 기호품이란 점에서 건전한 생산물이라기엔 어딘지 미진한 느낌이 남는다 할까. 배고픈 누군가를 위한 양식이 되어줄 수 있는 농사, 헐벗은 누구의 옷이 되어줄 수 있는 농사를 짓고 싶다는 희떠운 생각 때문이었으리라.

이제는 어디를 가다가 담배 밭을 봐도 담배 피우는 사람을 만나도 전처럼 무심히 지나치지 못한다. 크들크들 노랗게 잘 마르고 있는 우리 집 담배가 거기 겹쳐 보이는 때문이다.

우리 집에서 생산된 담뱃잎이 어느 날 누구의 막힌 생각을 풀어 흐르게 하고, 각박한 누구의 마음을 열어 부드럽고 여유롭게 설 수 있도록 작용한다면 그 얼마나 좋으랴. 한 끼의 밥보다 더 긴하게 한 매듭의 마음을 풀 수 있다면 어찌 식량 농사만 보람 있는 일이랴. 스스로 담배 농사를 합리화시키다보니 코를 찌르던 담배 냄새가 이젠 아릿한 향으로 다가선다.

는다.

워낙 밖으로부터 굴러드는 행운 쪽과는 담을 쌓고 살아온 날들 뿐이라 그런가 그런 이들이 선사하는 행운의 당첨자! 라는 호들갑에도 나는 가슴이 두근거리는 '행운'을 누린다. 누가 봐도 잘 속게 생긴 사람. 뭐든 넘겨먹기 쉽게 보인다는 것은 속상한 노릇이지만 이제 씁쓸한 느낌보다 기꺼운 마음을 먼저 가져봐야지 한다.

똑똑해 뵈고 깍쟁이 같은 용모의 사람들을 무척 선망했다. 찬바람이 돌만큼 차갑고 이지적인 모습이며 날렵하고 자연스러운 몸가짐이며 칼날 같은 어조의 여인, 그 도시형의 세련미가 얼마나 부러웠는가 모르겠다. 상상만 해도 탐이 나는 그런 점들은 어찌된 건지 부러워할수록 나와는 반대편에 서는 것들이었다. 지니고 태어난 외모야 그렇다 치고 살면서, 얻어 가질 수 있는 부분들마저 전혀 아닌 쪽으로만 기우니 이상한 노릇이다.

그러나 바보스런 모습 때문에 득을 보는 일도 있다. 여럿이 함께 있을 때 길을 묻거나 무슨 부탁이 있는 사람이면 그 여럿 중에서 나를 지목하는 것도 그 하난데, 그런 거야 꼭 내게 득이랄 수는 없는 일이지만 따돌려져서 사는 일에 익숙해진 내게 아는 체 했다는 게 어디냐 싶은 것이다. 어떤 쓸모가 됐든지 누군가가 다가서기에 수월한 사람이란 좋은 느낌의 사람이겠기에 말이다.

실제로 득을 보는 때는 장에 갔다가 돈이 바닥이 났을

때, 교통이 불편한 시골이라 집으로 들어 왔다가 나갈 사정은 안 되고 그 물건은 오늘 꼭 써야 하는 경우다. 외상물건을 들여놓으면 잠을 못 이루는 소심증을 장사꾼들이 알고 있을 리도 없는데, 처음 보는 사람에게 척척 외상을 내주는 걸 보면 참 신기하단 생각이 든다. 절대로 외상값을 떼어먹을 위인이 못 된다고 얼굴에 쓰여 있는 걸까.

쑥 같은 사람이란 결국 믿어도 좋은 사람이란 뜻인 것 같다. 열 번 죽었다 깨어나도 남을 속여먹을 재주를 못 가진 사람, 그러니 그 삶의 평화가 깨질 리 없는 사람, 버스 속의 경품판매에 반드시 당첨되는 행운의 사람, 하여 쑥 같다는 말은 복이 많다와 동의어가 아닌가 모르겠다.

오동나무

친정 집 마당가에는 커다란 오동나무가 몇 그루 서 있었다.

맏이인 언니를 낳고 아버지께서 딸들의 혼수감으로 심었다고 전해들었다. 첫딸이었을 때 '딸들'이라는 복수를 쓰고, 오동나무를 여러 그루 심은 걸로 미루어 보아 딸만 내리 셋씩이나 얻으리란 예감을 하셨던 걸까. 그 나무들은 심은 분의 뜻대로 혼수 장롱을 만드는 데 쓰임 받지는 못했지만, 딸들의 유년 추억 속에 커다란 가지를 드리우고 자라서 오늘에 이르는 동안 잊지 못하고 간작해 왔으니 어떤 의미로는 혼수의 몫을 톡톡히 해내고 있는 셈이다.

우리 고장 속설에 오동아무를 심으면 심은 사람의 수명이 짧아진다는 말이 있다. 어디에 근거한 말인지는 모르지만 그 말대로 아버지는 오동나무가 재목으로 쓰여질 만큼 자라기도 전에 돌아가셨다.

심은 사람의 운명 따위는 상관없이 미끈하게 잘 자라던 오동나무에는 초여름 아침이면 아련한 보랏빛 꽃이 조심스럽게 피어난다. 다른 꽃들처럼 밝고 화사한 느낌이 아닌 멈칫거리고 망설이는 듯 어스름이 든 개화, 눈부신 오월 하늘에 어두운 듯 차분한 색깔로 꽃망울이 벙근다. 그 향기 또한 어딘지 우울하고 칙칙한 냄새인데, 이른 아침에 깨어 일어나면 깨끗이 비질된 마당가에 방석처럼 오종종 나무 둘레로만 떨어져 내린 꽃.

오동꽃을 거꾸로 엎어 세우면 이브닝드레스를 입은 아름다운 여인의 모습 같다. 떨어진 꼭지 부분은 윗몸이 되고 그 아래 잘록한 허리며 점점 폭이 퍼져 내려가다가 굽실굽실 치맛단이 마무리된 것이 레이스를 댄 것 같이 예쁘다. 화사한 야회복의 여왕들, 수백 송이를 세우고 또 세워 툇마루가 가득하도록 세워놔도 똑같은 모습은 없고 조그만 특징 하나씩은 나름대로 간직한다. 그 수많은 사람들의 삶이 내 손끝에서 내 마음 따라 경영되는 신나는 왕국은 점심때가 되고 툇마루에 해가 들기 시작하면 풀이 죽는다. 곱던 보랏빛 드레스들이 후줄근해지고 시들어 주저앉기 시작하면 걷잡을 길 없어진다. 내일이면 또 떨어지는 꽃이 있을 테고 다시 주워서 가지고 놀면 될 일인데, 나는 그때 어렴풋이 상실이라는 그늘진 어법을 짐작하기 시작했던 것일까. 시든 꽃을 버리는 일에 오동꽃 냄새 같은 아릿한 서러움을 느끼곤 했다.

태풍이 불고 나면 큰 가지 몇은 부러트려 마당에 내려 주던 나무, 하늘 향해 팔 벌리고 있을 때는 별로 커 보이지 않아도 부러져 마당에 누우면 아주 커다래지는 요술쟁이 같은 나무, 목화 다래처럼 생긴 파란 열매가 가을이면 갈색으로 변하는데, 까보면 칸살마다 목질의 벽이 있고 그 사이에 씨가 들어 있어서 달그락달그락, 바람이 불 때면 바람과 귓속말을 한다.

오동나무는 빨리 자라는 탓인지 속이 비어 있다. 멀쩡한 허우대로 서서 가슴 복판에 구멍이 휑한 쓸쓸한 나무, 목질이 유난히 물러서 아이들의 돌팔매질에도 살집이 문드러지고 조그만 칼장난에도 섬뜩한 흉터를 갖는다. 그러나 마른 나무는 놀랍도록 가볍고 촉감이 경쾌하다. 예부터 악기의 재료로 쓰이던 나무, 바둑판으로도 최고로 꼽는 게 오동나무다. 바둑돌은 놓을 때 따악, 울리는 소리도 일품이고 살짝 박힐 듯 받아들이는 탄력이 다른 나무로는 흉내가 안 된단다. 그래서 한 대국이 끝나면 곰보처럼 자국이 남는 오동나무 바둑판을 최상급이라고 쳤다는데, 지금도 그런 바둑판을 사용하는 집이 있는지는 모르겠다.

오동나무는 어디로 보나 귀골이다. 큼직큼직 시원스런 잎사귀며 쭉 곧아 하늘을 치받는 허우대며가 옹졸한 구석이 없는 헌헌장부의 모습이다. 그러면서도 모습과는 달리 묘한 쓸쓸함을 거느린다.

그리움이란 개념 파악이 더딘 이가 있거든 오동꽃 냄새 알싸한 저녁 노을 속에 앉아 있어 볼 일이다. 마음을 풀어서 흩어 놓고 나도 한 가닥 눈물 같은 냄새가 되어 스러지는 빛 속을 떠 흐르면 저승 어딘가를 치고 돌아오는 메아리 같은 것, 사물에 대한 모든 느낌은 그 언어에서 유래한다지만 언어 이전에 먼저 달려드는 것, 세상의 단어 개념을 익히기 전부터 내 안에 있었던 듯한 그런 감정과 만나게 된다.

가을밤에 창호지 문살에 출렁거리다가 달빛을 안고 스륵스륵 떨어지는 오동잎, 추운 바람 끝으로 몰려가는 그 소리들을 듣고 있으면 사람이 지닌 원초적 외로움의 냄새일 법한 그런 게 가슴을 친다. 목이 메이나 꼭 슬픔이라 이름 짓기도 애매한 감정, 정체도 이름도 잡히지 않으나 우리 생의 한가운데를 횡단해 오는 바람 같은 감정과 만나게 되는 것이다.

오동나무에 어리는 향수들을 뒤적거릴 때면 나도 딸아이를 위하여 마당가에 오동나무 두어 그루쯤 심어 놔야겠다 벼르지만 무슨 일을 날렵하게 달려들어 처리하지 못하는 성격 탓인지, 다혜가 중학생이 된 지금까지 '여지껏'으로 남아 있다.

제 공부에 눈코 뜰 새 없이 바삐 돌아가는 요즘 아이들에게 그런 게 향수로 남겨질 만큼의 여유스런 마음의 여백이 있기나 할까 하다가도, 어린 날의 기억 속에 그늘 드리운 훤칠한 오동나무를 느낄 때면 혼자만 몰래 보물을 챙긴 것 같은 미안함이 있다.

책갈피로 피어나던 이름

그래도 그 공장엔 도서실이 있었다.

도서실이랬자 잡지 나부랭이와 만화책이 몇 권, 소설책 몇 권이 꽂힌 빈약한 책꽂이가 한켠에 놓여 있을 뿐인 작은 방이었지만, 서울에 와서 만난 그중 반가운 자리였다. 좋은 책들이 갖춰져 있다고 해도 하루 열댓 시간을 일하는 힘든 생활여건을 살아가는 생산라인의 아이들에겐 별 관심이 없는 곳이 거기였기에 그 자리는 한적하고 조용하고 내가 원하는 분위기를 모두 갖추고 있는 낙원이었다.

하루 다섯 시간 정도 잠을 자고 박한 시간을 그래도 아껴보면 조금은 남는데, 그 남는 시간을 거기서 살았다. 체계있는 독서를 할만큼 깨어있지도 못했고 읽고 싶은 책을 쉽게 구할 형편도 아니었기 때문일까. 늘 읽을거리에 허기져서 살았다. 읽는 책의 뒤쪽이 얇아지는 걸 안타까워하면서 아껴 읽던 책들의 고소한 맛이라니, 고맙고 감사한 것들이 참 많은 세상을 살았다.

그 시절 영등포 시장 뒷골목에 가면 손수레에 쌓아놓고

파는 헌 책을 아주 싼값에 살 수 있었다. 우리 엄마에게 사다드리고 싶은 '숙향뎐'이니 '유충렬뎐' 같은 얘기책도 있고, 인쇄 상태가 조잡하여 틀린 글자투성이의 소설책들이 대부분이지만 그 속에 더러 쓸만한 헌책도 섞여 있어서 그걸 만나는 재미가 여간 아니었다. 어느 날은 톨스토이나 스땅달을, 어떤 날은 지드나 사르트르를 만나는 횡재를 하기도 하고, 춘원과 소월을 만나서 펄쩍펄쩍 뛰고 싶도록 좋아했던 기억의 장소도 거기였고, 다윈의 '종의 기원'과 루소의 '에밀'을 찾아낸 것도 영등포 시장 손수레 위, 거기였다.

눈에 띄는 책이 없어 허탕을 치는 날도 더러는 있었다. 그 어렵게 기다렸던 쉬는 날을 숨은 책 찾기에 고스란히 날려버리고 터덜터덜 돌아오는 길은 왜 그렇게 멀었는지 곧 쓰러질 듯 힘이 빠지곤 했다. 그날도 손수레마다 다 뒤졌지만 쓸 만한 책은 하나도 없어서 돌아서는데, 갈색 표지가 언뜻 보였다. 다른 책에 가려져 안보이던 것이 누군가 뒤적거리는 바람에 겉으로 나왔는가 아까는 없던 영한사전이었다. 어쨌든 허탕이 아니므로 반가웠다.

둑길에 앉아서 전리품인 양 사전을 펼쳐 보았다. 겉에 비해 속은 그래도 정갈한 편이구나 후루룩 넘겨보던 책갈피에서 뭔가 본 것 같아 다시 넘겨보니 누런 메모지 한 장이 나왔다. '생활이 그대를 속이더라도 슬퍼하거나 노하지 말라 슬픔의 날 참고 견디면 머잖은 날 기쁨이 오리니…' 잘 쓰는 글씨체로 휘갈겨 쓴 푸쉬킨의 시였다. 스스로 못 느끼는 사이 많이 지쳐 있었던 걸까. 누군가가 내 역성을 든다는 생각에 왈칵 눈물이 솟았다. 마침 지나는 사람이 없는 곳이라 맘껏 울기에는 맞춤한 장소. 얼마나 그러고 있었을까. 눈을 드니 하늘이 온통 붉게 물들어 장관을 이루고, 저 아래 길가엔 코스모스가 곱게 하늘거렸다. 기어이 내가 살아내야 할 세상 같았다. 이쯤에서 포기하기에는 너무 곱다고 온 누리가 몸으로 외치는 것 같았다.

기숙사로 들어오자마자 책을 싸둔 보자기들을 들어내어 책머리에 쓰여진 이름들과 대보기 시작했다. 아까 사전에서 나온 쪽지의 글씨가 어딘지 낯이 익어서다.

사전에 쓰여 있던 이름 석 자가 칸트에서도 나오고, 루소에서도 나오고, 소월 시집에서도 나왔다. 내가 가지고 있는 헌책 대부분에서 그 이름이 나오는 게 아닌가! 이름이 쓰이지 않은 책에서는 똑같은 글씨의 낙서라도 나왔다. 이제껏 그것들이 한 사람의 책이라는 사실을 모르고 살았다는 게 의아할 지경이었다.

충격이었다. 가슴으로 밀려드는 알 수 없는 물결이 쿵쿵 나를 치고 갔다. 이런 책을 소장했던 그는 대체 어떤 사람일까? 대학생? 군인? 그가 살아있을지 아닐지 짐작도 안 되면서 그의 책을 읽을 때는 말할 것도 없고 일을 할 때에도, 밥을 먹을 때에도, 그 이름의 임자는 내 마음을 빼앗고 있었다.

그후 더는 그 이름이 쓰인 책을 찾아내지 못했지만 막연한 기다림으로 나날을 맞고 보내면서 늘 아쉽고 아련한 스스로의 감정을 바라보는 게 그냥 좋았다. 공부를 해야겠다고 꽁하고 곱은 마음 하나로 모진 고생도 달게 받으리라. 또순이처럼 억척스러우리라 하여 모든 걸 버텨내던 깔깔하고 메마른 마음 안으로 훈훈하게 불어오는 바람 같은 거였을까? 멋대로 늘리고 보태고 각색한 사람이 내 안에서 숨쉰다는 것, '짝사랑의 대상'이 있다는 것은 견디기 버거운 삶 속에서 나를 추슬러 세우는 동력이었다고나 할까.

길을 가다가 참 괜찮다 싶은 사람이 비껴가면 그의 이름과 닮았는가 견주기도 하고 점잖은 행동거지의 청년이 있으면 혹시 하여 한번쯤 돌아보게 하던 이름. 읽고 있는 책갈피로 피어나던, 고단하여 주저앉고 싶은 순간마다 버팀목으로 받쳐주던 이름, 코피를 쏟으며 밤샘 작업을 하면서도 책을 손에서 놓지 못하게 하였고 졸음을 쫓으며 단어를 외우게 하던 이름, 나에게 쉼 없는 상승의지를 넣어주던 그 이름이 언제 과거형으로 물러났는지 기억에 없다. 하지만 내 십대 후반기를 곱게 물들여준 고마운 색깔이었다.

내가 살아가는 방식, 특히 정신 쪽에 남다른 점이 무어냐고 누가 묻는다면 허상을 잘 만드는 거라고 대답해야 할 것 같다. 허상을 잘 만든다는 건 고상하게 말해본 거고, 짝사랑을 잘한다고 해야 맞는 말일까. 하여튼 누군가를 저만치 두고 늘 그리워하며 살아가는 길, 그리움이란 옷을 입은 허상을 안개 저편에 세워놓고 피를 졸이듯 바라보는 것도 일종의 자학일 터이다. 그러나 그리움은 언제나 가슴에 이는 물보라요 무지개 같아서 메마르고 딱딱하기 쉬운 삶을 촉촉하고 부드러운 상태로 지켜주는 가림발 역할을 한달까. 무언가로부터 나를 보호해주는 그 무엇이다. 그리움을 안고 산다는 것은 내 감각에 닿는 현상 하나하나와 사물 하나하나에 깊은 관심과 애정을 갖게 하는 힘이며 내 가는 길을 의미로 채워주는 능력, 주술 같은 무엇이 아니었나 모르겠다.

그리움이란 휘발하기 쉬운 감정을 고스란히 보존하면서 살아낸 세월 도막들이 대견하다가도 어찌 생각하면 쓸쓸한 느낌으로 서릴 때가 있다. 한 세월을 한 하늘 아래 살면서 만날 수 없다는 것, 내 감정이 상대에게 전달될 까닭이 없다는 것이 허전한 여운으로 밀리기 때문이다.

'만나고 싶은 사람'

굴려만 봐도 가슴으로 찌르르한 아픔이 지난다. 만날 수 없으므로 만나선 안 되므로 더욱 만나고 싶은 이들이 얼마나 많은가. 그러나 만날 수 없으므로 그리움의 원형이 잘 보존된다는 이점을 누구보다 잘 아는 터라, 내가 만나고 싶은 특별한 이름의 사람들은 그대로 내 비밀계좌의 재산이다. 누구도 알아낼 수 없고 넘볼 까닭도 없는 가장 안전한 자산.

임명희 연보
-수필로 쓰는

태몽 – 올해 아흔 번째 생신상을 받은 우리 어머니(李康善), 꽃다운 스물두 살 시집와서 첫 꿈을 꿨는데, 길을 가다가 감자 한 포기를 뽑았더니 대굴대굴 잘 영근 감자 세 개가 달려 나와 치마폭에 싸안았다 하셨다. 딸만 내리 셋을 낳으리라는 점쟁이 해몽을 믿어 우리 아버지(林聖綠), 딸 이름 셋을 한꺼번에 지으셨단다. 순희, 명희, 옥희, 그 촌스런 작명에 항의 한 번 못해보고 말았지만 1950년 4월 초파일, 절에 놀이 가려고 나서던 어머니 발걸음을 막고 두 번째 이름을 받으면서 세상에 나왔다. 번거로운 건 질색인지라 더러 생일을 잊어먹고 싶어도 한 번만 들으면 잊지 않는 기억력 좋은 이들 틈에 평생을 성가셔하며 살아간다. 태몽이 그 지경이거든 이름이라도 정성을 들여 지어 주실 일이지, 참 성의 없는 부모도 다 있다는 생각이 자주 들었다.

취학 연령이 되기 전에 아버지가 돌아가시고 당신의 아이들에겐 도무지 정이 없는 괄괄하고 까다로운 성격이신 어머니 앞에서 사느라고 고생깨나 했다. 아픈 곳이 너무